文學細心讀

余非 著

蕭紅

曹文軒

莫言

韓少功

王安憶

茅盾、葉聖陶、柔石、羅淑、施蟄存

外國作家篇

簡‧奧斯丁

狄更斯

屠格涅夫

莫泊桑

卡夫卡

博爾赫斯

埃爾南多 · 德列斯

加西亞 · 馬爾克斯

約翰 · 斯坦貝克

序

拯救一些不應被遺忘的名字

　　一直覺得二、三十年代的現代文學在本地中學校園未受到應有的重視，而且極可能因為教不得其法或篇目選擇不當而令同學對它有誤解。魯迅作品大概只有阿Q因其形象「搞笑」而令同學不太抗拒；可是，一遇上正經的朱自清、他的《背影》，則上至大專學生，下至中學生都喊「悶」、「老土」、「讀不通」而敬而遠之。更有甚者，對充滿小人物、苦故事的現代文學望而生畏，覺得與今天的生活沒關聯、不同調（他們需要輕淺與快樂），實行束諸高閣。

　　看來中國現代文學在中學以至大學有被重新推介之必要。否則，隨時光流逝，情況會更加惡劣。光是現在，已累積了一大批「文學無根」之輩。絕對不是聳人聽聞，曾在不少公開講座做「民調」，想知道一些我輩非常熟悉的中國現代作家，於大眾及學生當中尚有聞聽者殘存多少──只問他們聽過名字沒有，

不敢問是否讀過一篇半篇作品。可以向大家報告,未曾聽聞蕭紅是「理所當然」的,沈從文在中學校園內也十居其八說「沒聽過」——情況令人震驚。於是不得不問,近十多年各方致力推廣閱讀,以文學類為例,究竟同學被推薦讀了些甚麼呢?

近十多幾年「熱愛創作」的人數暴升,而部分號稱熱愛文學的「文藝愛好者」不沾優秀的中外經典之餘,卻不問山珍糟粕囫圇亂吞。如此這般地「熱愛寫作」,於健康無益,更搞壞胃口。十多年前曾為《星島日報》撰寫專欄「文學細心讀」,當時的筆耕,就是為了拯救一些不應被遺忘的名字。當年短文淺說,內容或未夠深入;但從文本入手,抓住一二要點扎實細析,望能引起同學對現代文學的興趣。

上文提到中學生未多讀蕭紅、沈從文的作品,十居其八;事實上托爾斯泰、莫泊桑等外國名家,也被「一視同仁」地冷待。經典文學是寶,卻太多人不識寶。

面對經時間淘洗的經典,沒有中外之分,外國文學上世紀的經典作家作品,同樣不應忽略。想提升文學修為,中外經典文學,必須一併多讀。

中國作家篇

中國現代文學的開山巨匠

魯迅

（1881-1936）

本名周樹人，原名樟壽，字豫才、豫山、豫亭，以筆名「魯迅」聞名，浙江紹興人。魯迅為中國近代著名作家、思想家，作品題材廣泛，著有小說《狂人日記》、《吶喊》、《彷徨》、《阿 Q 正傳》、《祝福》、《孔乙己》、《故鄉》等；雜文結集有《二心集》、《華蓋集》等；散文結集為《朝花夕拾》和《野草》。又有思想和社會評論、學術著作、自然科學著作、古代典籍校勘與研究、現代散文詩、舊體詩、外國文學翻譯作品和木刻版畫等研究。

一 年年都是他，不行吧

　　某年某閱讀活動頒獎禮上，一位自言愛讀書、經常以抗爭手段「為教師爭取權益」的政客，在台上侃侃而談。他的話叫我至今難忘——「年年都是魯迅，大概是老師硬銷出來的，不行吧，要向同學多推介本地作家作品。」該次入圍的十本好書，有魯迅小說集。

　　政客頗有知名度，當天的發言也搶鏡討好，驟耳聽來滿有道理。再者，建議推介本土作品，政治正確，誰敢質疑。然而，他了解本地實況嗎？

　　要知道，當天的聽眾，是仍未建立鑑賞能力的稚子。且別批「老師硬銷」下年年魯迅了，他們大多不讀中外經典。政客昧於事實為他們的不足處撐腰助威，把不碰經典的惡習合理化，其壞影響及殺傷力不容小覷。我在台下聽得憂心忡忡，果然，某位平日言詞輕佻，以自大及說話「抵死」為風格的本地作家，上台領獎時立即承接政客拋下的議題：「對呀，真的要給我們機會，支持本地創作。」

　　這是許多年前的舊事了，該活動新近幾屆的入選好書，確以本地作家為主，搞笑調侃、「諷刺時弊」的作品佔大多數。這些作品的文字有濃濃的「本地風格」，求仁得仁嘍。「好書」獎，

會不會是另一個流行榜，而「流行」的又是否「好書」，值得深思。

年年魯迅，又或者年年老舍、沈從文、蕭紅、茅盾、卡夫卡其實不算壞事。關鍵是大家都真正讀過了，而且讀通了嗎？

你也許會質疑：魯迅那麼沉重，不適合中學生吧。先不說魯迅的「沉重」於文學上有多成功，魯迅作品，並非只得憂國憂民一路，而且值得注意的面向也不只憂民一面。在此介紹另兩種閱讀方向，老師家長或可注意魯迅的文字修養，例如，簡潔精煉的敘事及狀物能力。

魯迅的小說未必篇篇也警世沉鬱，收在《吶喊》的《鴨的喜劇》，可當生活小品來讀，且留心魯迅的敘事與狀物。小說寫俄國盲人作家愛羅先珂寓居北京，深歎北京於盲人如沙漠，因為城市化沒有鳥鳴蟲叫，作家遂於朋友後園養蝌蚪。「喜劇」感來自他另買小鴨，不意小鴨把作家自己冀盼着牠們早日長大、好便蛙鳴四處的蝌蚪吃光。買鴨一段有如下描述：

> 小鴨也誠然可愛，遍身松花黃，放在地上，便蹣跚的走，互相招呼，總是在一起。……愛羅先珂君說：「這錢也可以歸我出的。」
>
> 他於是教書去了；大家也走散。不一會，仲密夫人拿冷飯來餵他們時，在遠處已聽得潑水聲音，跑到一看，原來那四隻小鴨都在荷池裏洗澡了，而且還翻筋斗，吃東西呢。等到攔他們上了岸，全池已經是渾水，過了半天，澄清了，只見泥裏露出幾條

細藕來；而且再也尋不出一個已經生了腳的蝌蚪了。

上文不足二百字的敘述，將買鴨、餵鴨、趕鴨，婦人打點後花園等大堆雜事，寫得精準生動。愛羅先珂出錢買鴨，與立即去教書賺錢的上下段接連輕快卡通，與小說「喜劇」氣氛一致。

以下，選讀魯迅寫雪的片段，雪在他眼中，細緻地有南北之別。

朔方的雪花在紛飛之後卻永遠如粉，如沙，他們決不黏連，撒在屋上，地上，枯草上，就是這樣。屋上的雪是早已就有消化了的，因為屋裏居人的溫熱。別的，在晴天之下，旋風忽來，便蓬勃地奮飛，在日光中燦燦地生光，如包藏火燄的大霧，……

在無邊的曠野上，在凜冽的天宇下，閃閃地旋轉升騰着的是雨的精魂……。

魯迅的《在酒樓上》也寫雪，寥寥幾筆，炎夏中捧讀，雪彷彿就紛飛眼前。

魯迅並非只有振臂荷戟一面，其文字之柔軟精緻，觀察力之委婉細膩，完全不下於女作家。不信，讀一遍《傷逝》你就知道。魯迅年年重讀，倒也無妨。

數一番前因後果

　　敘事，而且是數一輪柴米酒鹽、前因後果、交代最最囉唆的瑣事其實頗考功夫，不易寫好。類似的文字敘述向來被讀者忽略，以為是過場，大家期望的是主角出場。殊不知，看作家如何三兩下手勢便把囉哩囉唆的一籮筐雜事說清說好，於閱讀同樣是享受。

　　且看魯迅《在酒樓上》一段寫得極好的敘述文字。這段文字，是小說的開場。

> 　　我從北地向東南行，繞道訪了我的故鄉，就到 S 城。這城離我的故鄉不過三十里，坐了小船，小半天可到，我曾在這裏的學校裏當過一年的教員。深冬雪後，風景淒清，懶散和懷舊的心緒聯結起來，我竟暫寓在 S 城的洛思旅館裏了；這旅館是先前沒有的。……

　　上述連標點不過一百一十字左右的引文，無非是交代小說中「我」因何到 S 城。「我」既不住在 S 城，又沒有要緊事情該到 S 城辦，忽然逗留，小住半天……。如此這般的前因後果，可以交代得很瑣碎很婆媽，只是落在魯迅筆下，一切都來得乾淨利落。

起首的第一、二句作者先勾勒行程（空間），線條明朗——由「北地向東南」走，是一道直線；「繞道訪了故鄉」，是一條曲線。簡簡單單不實涉地名的兩筆，如攤開地圖，在複雜的構圖上畫一直一曲的兩條線，明朗地把「行程」勾出。這兩句化繁為簡，很有指點江山的氣派，而「曲線」本身已是「故事情節」的一部分——繞道造訪，分明有事會發生；巧遇故友，一個敘舊的故事從而展開。小說開場首段首句，開筆極佳。

　　之後幾句交代前因後果，用字乾淨利落，而且自然、恰到好處地插上寫景，滋潤了敘事性的「乾」筆；「深冬雪後，風景淒清」八個字完全沒有生字，也不流於過分主觀抒情，卻令一小段敘事文字「潤」多了，是文字的透氣位。

　　此外，請注意上述文字雖然用以交代事情「因」「由」，可是魯迅沒有多用「因為」、「所以」等字，「因為所以」的意思卻自然流出；這就是我所說的乾淨利落。

吶喊之後的徬徨

談到魯迅，一般人也許只想起他「荷戟」（背着武器）、「批判封建思想」、「探索國民靈魂」的一面；幾乎忘記，他是位極出色的文學家。是的，魯迅由小說至雜文寫作都「批判封建思想」、「檢視國民性」；只是，這些內容的呈現藝術成分極高，不是光有框架的政治圖解。

魯迅的短篇小說《在酒樓上》寫兩個中年人的久別重逢。前半部談呂緯甫之所以到 S 城，是為弟弟的舊墳遷葬。

> 到得墳地，果然，河水只是咬進來，⋯⋯可憐的墳，兩年沒有培土，也平下去了。我站在雪中，決然的指着他對土工說，「掘開來！」⋯⋯待到掘着壙穴，我便過去看，果然，棺木已經快要爛盡了，只剩下一堆木絲和小木片。我的心顫動着，自去撥開這些，很小心的，要看一看我的小兄弟。然而出乎意外！被褥，衣服，骨骼，什麼也沒有。⋯⋯

> 其實，這本已可以不必再遷，只要平了土，賣掉棺材，就此完事了的。⋯⋯但我不這樣，我仍然鋪好被褥，用棉花裹了些他先前身體所在的地方的泥土，包起來，裝在新棺材裏，運到我父親埋着的墳地上，在他墳旁埋掉了。⋯⋯

弟弟墳墓已無一物，本來可以不必遷葬，也實在無物可

遷。這樣的行為，對年輕時曾「反封建」的呂緯甫來說是一大諷刺。小說接上述引文有如下描寫：

> 這樣總算完結了一件事，足夠去騙騙我的母親，使她安心些。──阿阿，你這樣的看我，你怪我何以和先前太不相同了麼？是的，我也還記得我們同到城隍廟裏去拔掉神像的鬍子的時候⋯⋯。

魯迅小說之深刻，在於沒有將「反封建迷信」之類的命題簡單化，魯迅深明不是赤膊上陣，事事訴諸革命即可。魯迅看出，當整體風俗觀念未移易，個人難以突圍；更何況，「迷信」會與「親情」掛鉤，「使她（母親）安心些」，是常人孝行，想藉遺物追念早夭幼弟，是兄弟之愛，在在合乎人情。魯迅鑽進人情人倫的複雜處來談「改革」與「檢視國民性」。一切都沒有被簡單化。反過來說，有「革命」無「人性（人倫）」，也不是正常的「國民靈魂」。

《在酒樓上》收在小說集《徬徨》內，之前的一部小說集是《吶喊》。故事中呂緯甫的處境，正正是「吶喊」之後的「徬徨」。

那間或一輪與閃着黑氣的眼珠

　　喜歡讀經典好作品的原因之一，是看作者如何三幾下筆墨便把人物立體勾勒。魯迅寫人物神態極出色，且看他在《祝福》如何寫祥林嫂離開人世前一天的面貌：

　　　　我這回在魯鎮所見的人們中，改變之大，可以說無過於她的了：五年前的花白的頭髮，即今已經全白，全不像四十上下的人；臉上瘦削不堪，黃中帶黑，而且消盡了先前的悲哀的神色，彷彿是木刻似的；只有那眼珠間或一輪，還可以表示她是一個活物。……

　　人傷心即流淚，是悲哀的表現。然而，更大的悲哀是欲哭無淚，或引文中的「消盡了先前悲哀的神色」。這樣的人，是連悲哀的氣力都耗盡了，雖生猶死。也因此，要不是她的「眼睛間或一輪」，還不知道她仍是個活物。

　　另一篇小說《孤獨者》也寫悲哀，主角魏連殳的祖母一生孤獨，言語不多，就像親手造個獨頭繭，把自己裹起來。祖母過世時，魏連殳悲慟嚎哭，既是哭祖母，也是預先哭悼自己與她相似的命運。且看魯迅如何寫他在靈堂的一幕：

　　　　連殳就始終沒有落過一滴淚，只坐在草薦上，兩眼在黑氣

裏閃閃地發光。

　　大殮便在這驚異和不滿的空氣裏面完畢。大家都怏怏地，似乎想走散，但連殳卻還坐在草薦上沉思。忽然，他流下淚來了，接着就失聲，立刻又變成長嚎，像一匹受傷的狼，當深夜在曠野中嗥叫，慘傷裏夾雜着憤怒和悲哀。這模樣，是老例上所沒有的，先前也未曾豫防到，大家都手足無措了，遲疑了一會，就有幾個人上前去勸止他，愈去愈多，終於擠成一大堆。但他卻只是兀坐着號咷，鐵塔似的動也不動。

　　魏連殳唸動物學，被鄉里視為「有些古怪」的人。他對社會、對青年由心存希望變為完全幻滅，最後，他以自暴自棄來結束生命。魏連殳是個悲劇人物，引文中的「長嚎」，「像一匹受傷的狼，當深夜在曠野中嗥叫，慘傷裏夾雜着憤怒和悲哀」寫來淒美之極。魯迅的小說總有震撼人心的文字描寫，一讀再讀，味道會更加濃烈。

看看有多少把聲音在說話

　　寫小說有多難？剛參加小說創作坊、初生之犢般的小朋友會可愛地說：「寫散文就難，寫小說不難，有虛構能力就可以。」果然，近幾年的公開徵文比賽，湧現大批中學生作品。你怎曉得是中學生寫的？有竅門，看細節，看角色是否「複調」。「複調」是巴赫金論陀思妥耶夫斯基作品時提出的一個概念。簡言之，巴赫金認為陀思妥耶夫斯基的小說千人千面，每個角色都有自己的思想，小說人物性格立體。而作者想說的話，會透過不同角色、不同聲音的撞擊呈現，不需要作者介入直接陳述。

　　小說寫作之難，在於不同人物要各有面貌，不是孫悟空式的分身術──千萬個分身都只有齊天大聖一面。舉例說，寫甲乙角色為難以說清的一件事吵架，各持己見。想寫得精彩，要不醜化任何一方。能否做到，不是技巧與文字那麼簡單，關鍵是作者的思想是否有足夠的成熟度，讓他站在不同角度去解讀一件事。

　　魯迅有這能力。且看他在《孤獨者》的第一節開場，如何寫魏連殳因祖母病逝回鄉奔喪，其間村民又如何看待這個村裏僅有的受過高深教育的「異物」。

　　　　那時我在 S 城，就時時聽到人們提起他（魏連殳）的名字，

都說他很有些古怪；⋯⋯

　　這也不足為奇，中國的興學雖說了已經二十年了，寒石山（魏連殳家鄉）卻連小學也沒有。⋯⋯（他們怕連殳不肯依鄉例來守孝）族長們便立刻照豫定計劃進行，先說過一大篇冒頭，然後引入本題，而且大家此唱彼和，七嘴八舌，使他得不到辯駁機會。⋯⋯只見連殳神色也不動，簡單地回答道 ——「都可以的。」

村民對魏連殳毫不反抗地完成眾多迷信儀式大惑不解。他們找不出碴子很不是味兒，直至他們發現 —— 魏連殳哀而不哭，噓，人們才鬆一口氣；終於抓到責怪他的辮子了。在責怪、不滿的氣氛中，魏連殳卻忽然孚眾望地哭了，而且是長嚎，「像一匹受傷的狼，當深夜在曠野中嗥叫，慘傷裏夾雜着憤怒和悲哀。」村民起哄、滿意了一陣子，又轉覺沒趣，因為魏連殳那哭來得太悲切，且整個人鐵塔般動也不動，不領情節哀。魯迅寫活了村民情緒上的幾番轉折，並從中反映蒙昧的國民性。

　　而魏連殳真正引來非議的，是：

　　我動身回城的前一天，便聽到村人都遭了魔似的發議論，說連殳要將所有的器具大半燒給他祖母，餘下的分贈生時侍從，死時送終的女工，並且連房屋也要無期地借給他居住了。

《孤獨者》的第一節是小說寫作的極品，魯迅一枝筆寫活了

魏連殳，也橫掃包圍他的村民。中國國民性有多可憐，死守儀式者是否真有人性，魯迅都不用直接評點，只透過角色立體的互動來呈現。我也寫小說，我知道這有多難。

沒有打好傳統敘事、寫人的基礎，猛搞切割虛張聲勢的「小作家」，絕對寫不出這樣的水平。背後除了文字功力一關，還在於作家的思想是否成熟深刻。魯迅為國民性憂感，從而荷戟，再加上藝術功力厚，小說遂能寫好。

文學，說到底，是藝術，也是人學。

二 黑色猛士宴之敖

　　魯迅除了小說寫得出色，他的《故事新編》也瑰奇好讀。
先談《鑄劍》。

　　《鑄劍》取材於《列異傳》，魯迅依原故事框架新編。古傳
說謂：劍工干將為楚王鑄劍，三年鑄成雌雄兩劍。干將預料楚
王會把他殺死，就決定藏下雄劍，只獻雌劍，並囑咐已懷孕的
妻子莫邪，他如被殺，就叫未出世的兒子為他報仇。事實果如
干將所料，莫邪生下的男孩叫眉間尺，長大後決意為父報仇。

　　《鑄劍》中的眉間尺沒有能力殺楚王，要靠「黑色的人」宴
之敖代為出手。且看魯迅如何描繪兩人的相遇。當時眉間尺正
被「乾瘪臉的少年」欺侮。

> 　　……乾瘪臉的少年卻還扭住了眉間尺的衣領，不肯放手，
> 說被他壓壞了貴重的丹田，必須保險，倘若不到八十歲便死掉
> 了，就得抵命。閒人們又即刻圍上來，呆看着，但誰也不開口；
> 後來有人從旁笑罵了幾句，卻全是附和乾瘪臉少年的。眉間尺遇
> 到了這樣的敵人，真是怒不得，笑不得，只覺得無聊，卻又脫身
> 不得。……
>
> 　　前面的人圈子動搖了，擠進一個黑色的人來，黑鬚黑眼
> 睛，瘦得如鐵。他並不言語，只向眉間尺冷冷地一笑，一面舉手

輕輕地一撥乾癟臉少年的下巴，並且看定了他的臉。那少年也向他看了一會，不覺慢慢地鬆了手，溜走了；那人也就溜走了；看的人們也都無聊地走散。只有幾個人還來問眉間尺的年紀，住址，家裏可有姊姊。眉間尺都不理他們。

這個猛士不用出手，只「冷冷地一笑」、定眼看乾癟少年的臉，殺氣已大得令少年鬆手。這是個鐵鑄般的俠士形象，如一把歛去青光的鐵劍，寫來非常懍人。這個猛士答應為眉間尺報仇，條件是要借他的人頭一用。且看以下段落。

「我一向認識你的父親，也如一向認識你一樣。但我要報仇，卻並不為此。聰明的孩子，告訴你罷。你還不知道麼，我怎麼地善於報仇。你的就是我的；他也就是我。我的魂靈上是有這麼多的，人我所加的傷，我已經憎惡了我自己！」

暗中的聲音剛剛停止，眉間尺便舉手向肩頭抽取青色的劍，順手從後項窩向前一削，頭顱墜在地面的青苔上，一面將劍交給黑色人。

「呵呵！」他一手接劍，一手捏着頭髮，提起眉間尺的頭來，對着那熱的死掉的嘴唇，接吻兩次，並且冷冷地尖利地笑。

《鑄劍》是一篇冷峻奇特的小說。說這小說奇特，不難理解。說它冷峻，冷也者，指小說氣氛寒氣逼人。由引文所見，黑色的人，黑鬚黑眼睛，精瘦如鐵；這些都是陰冷的氣氛與形象。這個黑色的人叫宴之敖，眉間尺求黑色的人代他為父報仇

是險着，江湖奇俠索價不比尋常。結果，眉間尺要付出的代價是他自己的人頭，小說之險峻在此。

而最冷峻奇特的，包括以下的情節設計——黑色的人提起眉間尺的頭來，對着那仍帶人氣、暖熱的嘴唇吻了兩次，然後冷冷地尖利地笑。

讀者讀到這裏，心內能不打個寒顫嗎？

《鑄劍》上半奇冷，而下半篇奇熱。熱到「一鍋沸水」要出場了。欲知後事如何，請看下文分解。

煮一鍋沸水輕歌妙舞

魯迅的《鑄劍》有以下一段，寫代眉間尺報父仇的宴之敖扮玩把戲的術士，引楚王召他入宮以展開復仇大計。

「奏來！」王暴躁地說。他見他家伙簡單，以為他未必會玩什麼好把戲。

「臣名叫宴之敖者；生長汶汶鄉。少無職業；晚遇明師，教臣把戲，是一個孩子的頭。這把戲一個人玩不起來，必須在金龍之前，擺一個金鼎，注滿清水，用獸炭煎熬。於是放下孩子的頭去，一到水沸，這頭便隨波上下，跳舞百端，且發妙音，歡喜歌唱。這歌舞為一人所見，便解愁釋悶，為萬民所見，便天下太平。」

「玩來！」王大聲命令說。

人頭舞成功誘使楚王站起身，跨下金階，並伸長脖子看沸水中跳舞的人頭。黑衣人抓緊時機，一劍把大王人頭削到熱鍋裏。於一般復仇故事而言，至此大功告成。可是，《鑄劍》之奇，在於小說最慘烈的一場肉搏戰於「王的頭就落在鼎裏」才正式開始。

王頭剛到水面，眉間尺的頭便迎上來，狠命在他耳輪上咬了一口。……約有二十回合，王頭受了五個傷，眉間尺的頭上

卻有七處。王又狡猾，……這一回王的頭可是咬定不放了，他只是連連蠶食進去；連鼎外面也彷彿聽到孩子的失聲叫痛的聲音。

……黑色人也彷彿有些驚慌，但是面不改色。他從從容容地……伸長頸子，如在細看鼎底。臂膊忽然一彎，青劍便驀地從他後面劈下，劍到頭落，墜入鼎中，仟的一聲，雪白的水花向着空中同時四射。

他的頭一入水，即刻直奔王頭，一口咬住了王的鼻子，幾乎要咬下來。王忍不住叫一聲「阿唷」，將嘴一張，眉間尺的頭就乘機掙脫了，一轉臉倒將王的下巴下死勁咬住。他們不但都不放，還用全力上下一撕，撕得王頭再也合不上嘴。於是他們就如餓雞啄米一般，一頓亂咬，咬得王頭眼歪鼻塌，滿臉鱗傷。先前還會在鼎裏面四處亂滾，後來只能躺着呻吟，到底是一聲不響，只有出氣，沒有進氣了。

黑色人和眉間尺的頭也慢慢地住了嘴，離開王頭，沿鼎壁遊了一匝，看他可是裝死還是真死。待到知道了王頭確已斷氣，便四目相視，微微一笑，隨即合上眼睛，仰面向天，沉到水底裏去了。

金鼎內的水因獸炭「煎熬」而沸騰，人頭輕歌曼舞其實是一場復仇秀。沸水加人頭，即使故意寫成妙音曼舞，仍然叫我讀出水深火熱四個字。《鑄劍》寫於 1927 年，魯迅避難廣州，之前一年發生「女師大事件」及「三一八慘案」，新編故事外的真實世界，確是水深火熱。

楚王之外的其他人

1926 年 3 月，段祺瑞政府以真槍實彈對付手無寸鐵的示威者，令數百人死傷。死傷者中約四十人為年青學生，北京女子師範大學的劉和珍 —— 魯迅很欣賞的學生之一也在死者之列。魯迅為此傷心悲痛（參看《紀念劉和珍君》，此文寫得極好，宜一讀）。眉間尺、劉和珍年輕而犧牲，血債血償，楚王與軍閥都必須填命。

之後，1927 年情況更見嚴峻，魯迅避居廣州。這一年北伐軍攻克上海、南京，革命彷彿進入高潮；可是，身在廣州的魯迅卻看到國民黨一邊北伐一邊清黨，國共由（1924 年）合作走向分裂幾成事實。魯迅預見更兇險的風暴就在前頭。《鑄劍》中的冷峻，與上述的大環境有關。

《鑄劍》的復仇戲於第三節已完滿結束，可是魯迅並未收筆，小說有第四節。從國王已死的善後工作中寫普通人，也是魯迅一向關注的國民性。

第四節開首非常有趣。朝廷擬打撈大王的人頭，好好安葬。大臣商議打撈辦法；武士則在餘熱未散的水鍋撈人頭撈得滿面油汗。人頭最終是給撈出來了，卻三枚白骨，無從識別。結果，三枚頭骨只能合葬。且看魯迅如何描繪「國民性」：

到後半夜，還是毫無結果。大家卻居然一面打呵欠，一面繼續討論，直到第二次雞鳴，這才決定了一個最慎重妥善的辦法，是：只能將三個頭骨都和王的身體放在金棺裏落葬。

七天之後是落葬的日期，合城很熱鬧。城裏的人民，遠處的人民，都奔來瞻仰國王的「大出喪」。天一亮，道上已經擠滿了男男女女；中間還夾着許多祭桌。待到上午，清道的騎士才緩轡而來。又過了不少工夫，才看見儀仗，什麼旌旗，木棍，戈戟，弓弩，黃鉞之類；此後是四輛鼓吹車。再後面是黃蓋隨着路的不平而起伏着，並且漸漸近來了，於是現出靈車，上載金棺，棺裏面藏着三個頭和一個身體。

百姓都跪下去，祭桌便一列一列地在人叢中出現。幾個義民很忠憤，咽着淚，怕那兩個大逆不道的逆賊的魂靈，此時也和王一同享受祭禮，然而也無法可施。

此後是王后和許多王妃的車。百姓看她們，她們也看百姓，但哭着。此後是大臣，太監，侏儒等輩，都裝着哀戚的顏色。只是百姓已經不看他們，連行列也擠得亂七八糟，不成樣子了。

中國的困境，當然不是死了一個楚王就可以解決。楚王之外，還有其他人、其他問題。

又粗又苦的松針餅糕

不斷說魯迅的《故事新編》都有託意，用來諷刺時弊。然而，魯迅在小說以至故事新編內即使有諷刺，也是「熱」諷，並不涼薄。他的投槍留給了雜文。《故事新編》所見，是魯迅卡通化的文字創造力，足見他的文學天才橫跨多種文類、不同筆調，並非獨沽一味。

《采薇》要「批評」的，是天下無幽棲之所。亂世中，人難以超乎物外、明哲保身。《采薇》中的叔齊、伯夷因周武王伐紂以暴易暴而恥食周粟。他倆避居首陽山，卻不得安樂；既因看隱士、名人的村民蜂擁而至，也因連唯一可食的薇也被宣佈為「周粟」，只好餓死。魯迅無疑借故事點出逃避現實之不可能，下筆漫畫化，卻沒有醜化叔齊、伯夷。

且看魯迅如何描寫他倆的友情。

（按：他倆飢餓不已）他自然就想到茯苓。但山上雖然有松樹，卻不是古松，都好像根上未必有茯苓；即使有，自己也不帶鋤頭，沒有法子想。……心裏一暴躁，滿臉發熱，就亂抓了一通頭皮。

但是他立刻平靜了，似乎有了主意，接着就走到松樹旁邊，摘了一衣兜的松針，又往溪邊尋了兩塊石頭，砸下松針外面

的青皮，洗過，又細細的砸得好像麵餅，另尋一片很薄的石片，拿着回到石洞去了。

⋯⋯他就近拾了兩塊石頭，支起石片來，放上松針面，聚些枯枝，在下面生了火。實在是許多功夫，才聽得濕的松針面有些吱吱作響，可也發出一點清香，引得他們倆咽口水。叔齊高興得微笑起來了⋯⋯。

發香之後，就發泡，眼見它漸漸的幹下去，正是一塊糕。叔齊用皮袍袖子裹着手，把石片笑嘻嘻的端到伯夷的面前。伯夷一面吹，一面拗，終於拗下一角來，連忙塞進嘴裏去。

他愈嚼，就愈皺眉，直着脖子咽了幾咽，倒哇的一聲吐出來了，訴苦似的看着叔齊道：「苦⋯⋯粗⋯⋯」

叔齊一下子失了銳氣，坐倒了，垂了頭。⋯⋯

（按：後來想起了薇菜）他又記得了自己問過薇菜的樣子，⋯⋯果然，這東西倒不算少，走不到一里路，就摘了半衣兜。他還是在溪水裏洗了一洗，這才拿回來；還是用那烙過松針面的石片，來烤薇菜。葉子變成暗綠，熟了。但這回再不敢先去敬他的大哥了，撮起一株來，放在自己的嘴裏，閉着眼睛，只是嚼。

「怎麼樣？」伯夷焦急的問。

「鮮的！」

兩人就笑嘻嘻的來嘗烤薇菜；伯夷多吃了兩撮，因為他是大哥。

二 出關的老子

　　回首過去曾寫過的篇章，發現所選介的小說多是對社會現實有所諷刺的一類；然而，必須一再指出，小說寫得好，還是最根本的選介標準。

　　魯迅的《故事新編》系列每篇都有與時代針鋒相對的託意，卻同時寫得好玩可讀、卡通生動。之前談了冷峻的《鑄劍》，此次談執住「孔子問禮於老子」及「老子西走流沙」兩件傳說創作的《出關》。

　　現代社會生活繁忙，人活得非常功利，於是老莊哲學成了「庸俗」生活的清新劑，被當代人賦予正面意義。可是，寫於1935年的《出關》，魯迅諷刺了進取的孔子，也諷刺了「心高於天，命薄如紙」、「想無不為，只好無為」的老子。

　　以下片段寫得生動有趣。描寫老子擬出關時被關尹喜捉回去開壇講學，及後有聽眾聽不明白老子說了些什麼，向他要筆記，五千字的《道德經》由此而來。

　　　　大家這才如大夢初醒（按：指老子講課完畢），雖然因為坐得太久，兩腿都麻木了，一時站不起身，但心裏又驚又喜，恰如遇到大赦的一樣。

　　　　於是老子也被送到廂房裏，請他去休息。……人們卻還在

外面紛紛議論。過不多久，就有四個代表進來見老子，大意是說他的話講得太快了，加上國語不大純粹，所以誰也不能筆記。沒有記錄，可惜非常，所以要請他補發些講義。

「來篤話啥西，俺實直頭聽弗懂！」賬房說。

「還是耐自家寫子出來末哉。寫子出來末，總算弗白嚼蛆一場哉宛。阿是？」書記先生道。

老子也不十分聽得懂，但看見別的兩個把筆，刀，木劄，都擺在自己的面前了，就料是一定要他編講義。他知道這是免不掉的，於是滿口答應；不過今天太晚了，要明天才開手。

代表們認這結果為滿意，退出去了。

第二天早晨，天氣有些陰沉沉，老子覺得心裏不舒適，不過仍須編講義，……他還是不動聲色，靜靜的坐下去，寫起來。回憶着昨天的話，想一想，寫一句。那時眼鏡還沒有發明，他的老花眼睛細得好像一條線，很費力；除去喝白開水和吃餑餑的時間，寫了整整一天半，也不過五千個大字。

「來篤話啥西，俺實直頭聽弗懂」意即，「你在說什麼，我簡直聽不懂」，是紹興話。而「還是耐自家寫子出來末哉」一整句是蘇州話，意即「還是你自己寫出來吧。寫出來了，總算不白白地瞎說一場。是吧？」這兩句插話讀來令人莞爾。

中國鄉土作家代表人物

沈從文

(1902-1988)

　　本名沈岳煥，湖南鳳凰人。現代著名作家、京派小說代表人物、歷史文物研究專家，曾兩度被提名為諾貝爾文學獎評選候選人。主要著作有小說《邊城》、《長河》、《龍朱》、《虎雛》、《月下小景》等；散文《從文自傳》、《湘行散記》、《湘西》等；文論《廢郵存底》及續集、《燭虛》、《雲南看雲集》等。五十年代後主要從事中國古代服飾研究，晚年編著的《中國古代服飾研究》填補了中國文物研究史上的空白。

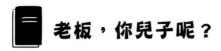

二 老板，你兒子呢？

寫過小說的人都知道，對話，是最難掌握的小說元素之一。要把小說人物的對話寫好一點也不容易。這一篇，選讀沈從文短篇《黔小景》的片段，一起學習欣賞對話的藝術。

有一天，有那麼的兩個人，落腳到一個孤單的客棧裏（貴州深山）。

……他（戶主）望着客人把腳洗完了，……取出兩雙鞋子來給客人。那個年青一點的客，一面穿鞋一面就說：「怎麼你的鞋子這樣同我的腳合式！」

年長商人說：「老弟，穿別人的新鞋非常合式，主有酒吃。」

年青人就說：「伯伯，那你到了省城一定得請我喝一杯。」

年長商人就笑了：「不，我不請你喝。這兆頭是中在你討媳婦的，我應當喝你的喜酒。」……

那老人在旁邊聽到這兩個客人的調笑，也笑着。但這兩雙鞋子，卻屬於他在冬天剛死去的一個兒子所有的。……年青人看到老頭子孤孤單單的在此住下，有點懷疑，生了好奇心。

「老板，你一個人在這裏住嗎？」

「我一個人。」說了又自言自語似的，「嗳，就是我一個人。」

「你兒子呢？」

這老頭子這時節，正因為想到死去的兒子，有些地方很同面前的年青人相像，所以本來要說「兒子死了，」但忽然又說：「兒子上雲南做生意去了。」

我經常打這樣的比喻。你碰上一位友善美好的女子，女子像極你三年前逝世的姊姊，你禁不住衝口而出，「你長得真像我姐。」女子大喜，「是嗎？你姐也是我這般年齡？」

假如是你，除了懊悔多言，你會如何回答。

沈從文小說中的老人選擇撒謊。我的理解是，人家在說一些好兆頭的說話，就犯不着說歹命事跟人家相撞。微妙處不在於掃興，而是不應該彷彿要咒人，在人家心中留一根刺。沈從文上述對話之好，不在於文字雕琢，而在於通情達理。簡單的一來一回，充滿人情味，是老人家對不相識的過路客的微妙關愛。

寫得好、「傳真」的對話，核心在於能否切中人情。引申理解，要寫好對話，不是以廣東話入文就必然傳真達意。一切要看你的功力，考你對文字、以至人情了解有多深。

一圈圍觀的腿腳

　　沈從文擅長寫小人物、平凡人生活中的小事情小周折。短篇小說《生》有一位老者，舉兩個大木偶街頭賣藝，長年上演王九打趙四。老藝人落力謀生吸引觀眾，沈從文對此有精緻的觀察描繪。

　　　　……他把傀儡扶起，整理傀儡身上那件破舊長衫，彎着腰鑽進傀儡所穿衣服裏面去，……（按：初時沒人圍觀，後來才多起來）眾人嘻嘻的笑着，從衣角裏，老頭子依稀看得出場面上一圈觀眾的腿腳，他便替王九用真腳絆倒趙四假腳，傀儡與藏在衣下玩傀儡的，一齊頹然倒在灰土裏，場面上起了哄然的笑聲，……

　　老藝人就是憑圍觀的腿腳漸增而知生意可為，演得也愈加落力，以圖討個可觀的打賞。被大傀儡王九衣服罩住了的老藝人，就憑腿腳來審時度世。

　　　　正當他第二次鑽進傀儡衣服底裏時，一個麻臉龐收地攤捐的巡警，從人背後擠進來。

　　　　巡警因為那扮演古怪有趣，便不作聲，只站在最前面看這種單人撾跤角力。然剛一轉折，彎着腰身的老頭子，卻從巡警

足部一雙黑色厚皮靴上認識了觀眾之一的身份與地位，故玩了一會，只裝作趙四不能支，即刻又成一堆坍在地上了。

　　他趕忙把頭伸出，⋯⋯一面解除兩手所套的假腳，一面輕輕的帶着幽默自嘲的神氣，向傀儡說：「瞧，大爺真來了，黃褂兒，拿個小本子抽取四大枚浮攤捐，⋯⋯」

老者從黑皮靴知道巡警來了，是時候交地攤稅，保護費之一種。

小說寫作有所謂全知觀點及選擇性全知觀點，不是知道了有這樣那樣的敘事技巧就能把小說寫好，還要看你用得是否合宜、寫得是否細緻。老藝人罩上傀儡衣服視線就被擋住，他能看見的，是圍在附近的腿腳 —— 這時，就可以運用選擇性全知觀點來敘事了，是恰當自然。

由腿腳多寡，老藝人知道生意成也不成，又由黑皮靴的靜靜出現，老者知道要交保護費。巡警只會收錢不會付賞錢，於是老者伸出頭來，付上四大銅板，打發了該打發的，才好鑽回衣服裏專心演戲。荷包空了，肚也空空，他得抖擻精神，重新上演王九打趙四。

二 用結尾來點睛

上一篇談沈從文短篇小說《生》，集中研讀作者如何寫活木偶賣藝。《生》寫於 1933 年，是我喜歡的沈從文短篇之一。單就小說的前四分三，看不出作品好在哪裏，再好也不過是寫活了一些場面，好一幅北京城小市集的民間浮世繪。然而，沈從文自是小說高手，且看《生》的結局。

> 他於是同傀儡一個樣子坐在地下，計算身邊的銅子，一面向白臉龐傀儡王九笑着，……他把話說得那麼親昵，那麼柔和。他不讓人知道他死去了的兒子就是王九，兒子的死，乃由於同趙四相拼，也不說明。他決不提這些事。他只讓人眼見傀儡王九與傀儡趙四相毆相撲時，雖場面上王九常常不大順手，……但每次最後勝利，總仍然歸那王九。

> 王九死了十年，老頭子在北京城圈子裏外表演王九打倒趙四也有了十年，那個真的趙四，則五年前在保定府早就害黃疸病死掉了。

傀儡叫王九，原來是老頭親兒子的真名實姓。
《生》就憑二百多字的結尾得到提升。
老頭兒天天上演傀儡「戲」王九打趙四，原來戲如人生，

假中有真。卻又不幸不是全真。真實人生裏王九沒有打垮趙四，倒枉死於趙四拳腳之下。沈從文把小人物的人生周折都處理得淡淡然的，遇上再多的不平順也得活下去。老頭兒死了兒子，生活仍然繼續，只是戲隨人生，王九打趙四一演便十年八載，而且看來仍會不斷演下去。

王九在傀儡戲中天天打倒趙四，這樣的橋段落在沈從文手上沒有沉重的報復怨毒。沈從文筆下，打死王九的趙四五年後也殉於疾病。人生如塵土，再多的恩怨也轉眼煙消雲散，王九也不過比趙四早死五年。在生活艱難，朝不保夕的那個年代，人命如草芥，早死只是不必賴活。小民百姓再大的悲傷也可度過，當中不一定是超然豁達，倒是 1933 年前後社會民窮財盡，生逢亂世的一種生命形態。既不盡是隨遇而安，也不盡是逆來順受。沈從文筆下的小人物，就有這樣的一種生命力。

小說只稱主角為老頭兒，不是「王」老頭，是要賣個關子，好讓結尾更有張力。

一 　說故事的高手

　　用時間為作家的作品及其個人成長作階段性劃分，有時很管用，有時卻並不合用。沈從文屬於後者。

　　沈從文從二十六歲起（1928 年）即有能力賣文養家、替母親醫病，並以稿費接濟朋友，他的創作量可想而知非常大。這部分的小說雖然是為賣文謀生而寫的，卻也精緻用心，可觀好讀之餘，難得是不淺薄。所以，沈從文的小說，不太適合用「階段發展」來研究，因為同一時段之內，沈從文有大量創作是因不同原因而為文，包括賺稿費。那些賺稿費的小說不為「回應社會」而作，也不一定反映他的內心變化。我懷疑由題材入手，看某類題材（如作家故鄉湘西一帶）在處理上的變化，更能深入理解沈從文的文學面貌。

　　以下介紹沈從文一篇寫得絕不淺薄，卻沒有什麼大道理，情感描寫細緻、充滿質感的故事 —— 寫於 1928 年的《燈》。賣文，故事要說得吸引。《燈》是故事套故事之作，用今日新派口吻，是有點後設的寫法。《燈》的主角「我」被女客問及因何在電燈泡的年代桌上還放一盞煤油燈，由此牽出「我」與忠心軍人微妙的主僕關係。幾年前經常停電，煤油燈是僕人買贈。

　　單就一則主僕故事，沈從文已寫得豐富吸引，下文細說；

本文談作者如何用一個「追女仔」的構架來套主僕故事。主僕故事中的中年僕人懷疑經常到訪的藍衣女子是主人女友，誰知僕人大大地表錯情，主人則略為表錯情。總之搞清楚後主僕皆傷心失意。僕人失望後投軍南京，戰死異鄉。這樣的一則故事不會很討俏，因為太真實、太多傷愁。於是沈從文在一首一尾加了一個歡快的外框。

> 因為有一個穿青衣服的女人常到住處來，見到桌上的一個舊式煤油燈，……想知道這燈被主人重視的理由，屋主人就告給這青衣女人關於這個燈的故事。

接下去就是那則長篇幅的主僕故事。故事涉及藍衣女子結婚對象不是「我」的憂愁憂思。

> 故事說完時，穿青衣服的女人，低低的歎了一聲氣，走到那桌子邊旁去，用纖柔的手去摩娑那盞小燈。……顯然的事，女人對主人所說的那老兵，是完全中意了。

被「我」哄聽故事的青衣女子說，晚上點起煤油燈，火頭微動處會亮出僕人的一張臉。青衣女人對僕人的長相好奇，埋下了再次夜訪的理由。果然，女子再來，而且穿藍衣代青衣。青衣女子以身替代藍衣女子的意圖彰彰明甚：

> 另外一個晚上，那穿青衣的女人忽然換了一件藍色衣服來了。主人懂得這是為湊成那故事而來的，非常歡迎這種拜訪。兩

人都像是這件事全為了使老兵快樂而做的，……

如此這般，被描述的故事引出另一個故事；小故事中未有成就的姻緣，在「外框」故事中被玉成。輕輕的加一個外框，沈從文便把主僕故事中淡淡的人生辛酸、不如意消解。他是個說故事的高手。

軍人出身的固執忠僕

《燈》之好讀，不但是沈從文加了個「用說故事去追女仔」的外框，還在於被述說的主僕故事寫來細緻吸引，而且有「很沈從文」的軍旅題材。

故事中那位忠心的中年男僕是軍人，落難後就投靠少爺（小說中的「我」）。沈從文自十五歲即當小兵，有豐富的軍旅生活經驗，於是寥寥幾筆，就把男僕的軍人形象勾勒得活靈活現。

> 我的廚子是個非常忠誠的中年人。……上年隨了北伐軍隊過山東……一個晚上被機關槍的威脅，胡胡塗塗走出了團部，把一切東西全損失了。……說是願意來侍候我。……到後來人當真就來了。初次見面，一身灰色中山布軍服，衣服又小又舊，好像還是三年前國民革命初過湖南時節縫就的。一個巍然峨然的身體，就拘束在這軍服中間，另外隨身的就只一個小小包袱，一個熱水瓶，一把牙刷，一雙黃楊木筷子。熱水瓶像千里鏡那麼佩在身邊，牙刷是放在衣袋裏，筷子仿照軍營中老規矩插在包袱外面，所以我能夠一望而知。這真是我日夜做夢的伙計！

這個巍然峨然的落難軍人有顆「單純優良的心」。

一起生活後，男僕對少爺交女朋友一事過分熱心。最初還介入得略為矜持，之後嘛：

到後來因為一熟習了，竟同女人談到我的生活來了！他要女人勸我做一個人，勸我少做點事，勸我稍稍顧全一點穿衣吃飯的紳士風度，勸我……，總是當我的面，卻又取了一種在他以為是最好的體裁來提及的。他說的是我家裏父親以前怎樣講究排場（按：少主現在已家道中落）……他實在正用了一種最笨的手段，暗示到女人應當明白做這人家的媳婦是如何相宜合算。……因為那稍稍近於誇張處，這老兵慮及我的不高興，一面談說總是一面對我笑着，好像不許我開口。把話說完，……同我飛了一個眼風，秦凱似的橐橐走下樓預備點心水果去了。

上述片段把老兵寫得可憐又可笑，令人莞爾。

最後女性朋友結婚了，對象不是他少爺。老兵非常傷心，「那黃黃的小眼睛裏，釀了滿滿的一泡眼淚」。少爺最初還有安慰他的，但老兵委實教他氣惱：

（老兵）一些情感上的固執，絕對不放鬆，本來應當可憐他，……（可是，轉念一想）因為老兵胡塗的夢，幾乎把我也引到煩惱裏去，如今看到這難堪的臉嘴，我好像報了小小的仇，忘記自己應當同情他了。

沈從文筆下的湘西平民及小兵都有單純的心靈氣質。然而，他早期及後期的作品都沒有將單純簡單化。就像故事中老兵對少爺的關愛，由於用力過猛，反而成為他倆推心置腹的羈絆。好人的好，在小說中沒有一面例。

軍旅與文人生活的對照

　　《燈》寫來有豐富的生活質感。當中有不少片段反映沈從文這個來自湘西、軍人出身的「鄉下人」對城市文人生活的看法。

　　首先要弄清楚的，是沈從文的「軍人」定位。他不是運籌帷幄、操控權力的軍官，也不是負責開槍殺人、施刑拷問、欺壓百姓土匪般的大兵。他的軍人定位沒有殺氣。

　　　　我望着這老兵（按：他男僕）每個動作，就覺得看到了中國那些多數陌生的朋友。他們是那麼純厚，同時又是那麼正直。好像是把那最東方的古民族和平靈魂，為時代所帶走，安置到這毫不相稱的戰亂世界裏來，……

　　養兵千日，無非是用來打仗的吧。但在沈從文筆下，他甚至感慨士兵生逢亂世，為他們「有用武之地」而惋惜。他嚮往的軍人生活，不過是當中的奇逢與一點點「非城市文明」的「野」性：

　　　　（男僕老兵）總使我常常記起那些駐有一營人馬的古廟，同小鄉村的旅店，發生許多幻想。我是曾和那些東西太相熟，因為都市生活的纏縛，又太和那些世界遠離了。……不能不對於目下的生活，感到一點煩躁。這是什麼生活呢？一天爬上講台去，那麼莊嚴，那麼不兒戲，也同時是那麼虛偽，……

《燈》還藏了沈從文對教育、文壇、文學寫作的觀感。

> ……似乎我因為教了點文學課，就必得負一種義務，隨時來報告作家們的軼事，文壇消息。他們似乎就聽點這些空話，就算了解文學了。從學校返回家裏，坐到滿是稿件和新書新雜誌的桌前，……放下從學校帶回的一束文章，一行一行的來過目。第一篇，五個「心靈兒為愛所碎」，第二篇有了七個，第三篇是革命的了，有淚有血，仍然不缺少「愛」。……

他對年青人寫作充滿文藝腔，對同事愛聽八卦很有意見。這些都是他不喜歡的城市生活。

沈從文的小說不乏城鄉對照，但並非一面倒否定城市人及城市生活。他意識到「鄉下人」「單純素樸」，同時「蒙昧」固執。小說中的「我」（少爺）與男僕相處便不太協調。另一組經常在沈從文小說內出現的對比關係，是軍人與文人的對照。沈從文對「現代文明」的城市生活有過不愉快的經歷，但他沒有因而把軍人簡單化、美化，他知道軍人也有「專門欺壓老百姓的土匪」一類。

他的城鄉對照、軍人與文人對照，並非純然是兩極對立；參差對照看來是他心靈層面對生活的思索，當中的好惡愛憎都並非實指。就像他嚮往軍旅生活，可能只是當中的野性及四海為家的自由，而不是軍人的實際職務，例如打仗、殺人、拷問百姓……。

《燈》可堪玩味之處不少，值得找來細讀。

那人那山那狗

談沈從文而沒有觸及《邊城》，彷彿考試未寫完答案，不能就此終卷。

一提《邊城》，讀過這小說的人都會即時想起另一個名字：翠翠。《邊城》曾被改編為電影，戲名就叫《翠翠》。翠翠，就是小說的靈魂。

故事以湘西苗族為背景，翠翠是七十多歲老船夫的孫女。十五歲的翠翠，出落得優美、健康而自然，盡得山水間的靈氣。電影《翠翠》在選角上下過功夫，女主角算是清純討好的。可是，要演活抽象文字描述的一些神情動態，演的與看的都略感吃力。文字的想像空間，有時確難以實物真人來演繹。

可以怎樣寫活人的靈氣呢？沈從文不斷以動物，純良的野生動物來烘托人，也用以對照人間、人情比單純的動物世界複雜多了。

> ……為了住處兩山多篁竹，翠色逼人來，老船夫隨便為這可憐的孤雛拾取了一個近身的名字，叫作「翠翠」。
>
> 翠翠在風日裏長養着，把皮膚變得黑黑的，觸目為青山綠水，一對眸子清明如水晶。自然既長養她且教育她，為人天真活潑，處處儼然如一隻小獸物。人又那麼乖，如山頭黃麂一樣，從

不想到殘忍事情，從不發愁，從不動氣。平時在渡船上遇陌生人
對她有所注意時，便把光光的眼睛瞅着那陌生人，作成隨時皆可
舉步逃入深山的神氣，但明白了人無機心後，就又從從容容在水
邊玩耍了。

另一段文字，寫人與狗都浸淫在自然的天地之間。

　　風日清和的天氣，無人過渡，鎮日長閒，祖父同翠翠便坐
在門前大岩石上曬太陽。或把一段木頭從高處向水中拋去，嗾使
身邊黃狗自岩石高處躍下，把木頭銜回來。或翠翠與黃狗皆張着
耳朵，聽祖父說些城中多年以前的戰爭故事。……

《邊城》之所以為人識、並為讀者喜歡，除了是小說以三十
年代湘西純樸的苗族生活為故事場景之外，還因為翠翠與船總
的兩個兒子大老、二老之間的愛情故事。尤其翠翠與二老一段
失諸交臂的姻緣。賣個關子，不把故事結局在此一清二楚地說
白說盡，誘你們自己找小說一看。

光緒年間的劊子手

不少論者以「鄉土作家」及「抒情美學的實踐者」來形容沈從文。這一面的沈從文太深入民心了，此次介紹《新與舊》，一讀沈從文很批判性的另一種面貌。

《新與舊》寫於 1935 年夏，小說分上下兩部分。上半部發生於清末光緒年間，下半部發生於民國十八年，前後相隔三十多年。寫一個叫楊金標的小戰兵在兩個不同時代下的生活，看看兩朝百姓的生活可有本質上的轉變改善。

沈從文擅長在故事中滲入民間風俗來增加故事的可讀性。小說主角楊金標是個戰兵，平日兼任殺頭，是當地數一數二、「最優秀」的劊子手。當地劊子手奉命於殺頭後上演一套「自欺欺人」的儀式，用以否定殺人行為、平衡道德層面的人情道理，哪怕殺的是犯人。

以下先看楊金標的斬首「刀法」：

> （楊金標）請示旨意，得到許可，走近罪犯身後，稍稍估量，手拐子向犯人後頸窩一擦，發出木然的鈍聲，那漢子頭便落地了。軍民齊聲喝彩；（對於這獨存拐子刀法喝彩！）……

上述片段令我想起魯迅。魯迅小說經常出現群眾麻木看殺

的場面，看賊人被殺、看無辜者被殺、看革命黨被殺、看好人被殺，蒙昧的民眾不覺有分別。有人被殺，他們便「湊熱鬧」。

回頭說《新與舊》，小兵殺人後儀式隨即開始：

> ……（斬首後）這戰兵還有事作，不顧一切，低下頭直向城隍廟跑去。

> 到了城隍廟，照規矩在菩薩面前嗑了三個頭，趕忙躲藏到神前香案下去，不作一聲，等候下文。過了一會兒，縣太爺也照規矩帶領差役鳴鑼開道前來進香。……即刻差派員役各處搜索，……又令人排好公案，預備人犯來時在神前審訊。那作劊子手的戰兵，估計太爺已坐好堂，趕忙從神桌下爬出，跪在縣太爺面前請罪。……縣太爺把驚堂木一拍，裝腔作勢來問案。……「與我重責這無知鄉愚四十紅棍」……那麼打了八下，……一名衙役把個小包封遞給縣太爺，縣太爺又將它向劊子手身邊擲去。

如此這般，殺人的劊子手負了責任，償錢也到手，一宗斬首事件便了結。沈從文寫道：「這是邊疆僻地種族壓迫各種方式中的一種」，犯人是要殺的，但操刀的劊子手也要抵罪，「一場悲劇必須如此安排，正合符了『官場即是戲場』」的俗語。

故事的上半，沈從文借「記劊子手的一天生活」，寫了清末官殺平民的戲碼如何搬演。

民國十八年的老殺手

《新與舊》裏光緒年間的優秀劊子手臨到小說的下半篇民國十八年間，已是個六十歲的老叟。老叟居住在城門邊的小茅屋，管北城門的上閂下鎖。

三十多年後的民國十八年，時代起了變化，死判由槍斃代替斬首。《新與舊》下半篇就在這樣的背景下開展。某天，彷彿是夢中通報，有人喚老者執刀到城門邊斬殺兩個犯人。老兵並不以此事為真，心想都民國了，還斬首？卻迷糊中神差鬼使般朝城門走去，並夢也似的重操故業：

> 老戰兵（按：即上篇的楊金標）還以為是夢，迷迷胡胡走過去向監斬官請示。……他便走到人犯身邊去，擦擦兩下，兩顆頭顱都落了地。見了噴出的血，他覺得這夢快要完結了，一種習慣的力量使他記起三十年前的老規矩，頭也不回，拔腳就跑。……

所謂的老規矩就是前文提過的一場戲。為了殺人有罪、是不道德的這前提，受薪的劊子手按縣太爺旨意斬殺人犯後要逃跑，假裝被捕，假裝被縣太爺罰以棒杖，然後才可以拿取受僱的賞錢。民國十八年，六十歲的老戰兵按老規矩拿起血刀竄進

城隍廟等待假被捕。誰知，此次等待他的是真槍實彈。原來老規矩早被廢棄忘記，始終是民國十八年了吧，人家以為老兵久疏斬首，一斬便嚇瘋了。

> 老戰兵於是被捉住，胡胡塗塗痛打了一頓，且被五花大綁起來吊在廊柱上。他看看遠近圍繞在身邊象有好幾百人，……大家又哄笑將起來。副官聽他的說話，以為這瘋子被水澆醒，已不再痰迷心竅了，方走近他身邊，問他為什麼殺人，就發瘋的跑到城隍廟來，究竟見了什麼鬼，撞了什麼邪氣。……

《新與舊》要說的，當然不止是老戰兵的故事與他斬首生涯上行規的遷變。故事寫來荒誕可笑，背後是沈從文對社會的諷刺 —— 三十年間，朝代變了，行刑的方法、斬首的行規變了，但不變的是某些內質：

> 時代一變化，「朝廷」改稱「政府」，當地統治人民方式更加殘酷，這個小地方斃人時常是十個八個。因此一來，任你怎麼英雄好漢，切胡瓜也沒那麼好本領幹得下。被排的全用槍斃代替斬首……

至於何以要老兵重執殺人刀呢？原來是當地軍官玩新花樣，來一個非常手段，用古法處決兩個共產黨。沈從文的小說，在抗日戰爭開始吃緊，國情開始嚴峻之際，有不少篇章寫得很有社會性及批判性，是沈從文湘西邊城之外，比較少人觸及的另一面貌。

樸訥的鄉村世界

　　前幾次介紹了沈從文「鄉土作家」、「抒情美學」之外的面貌。此次言歸正傳,回到沈從文樸訥、恬靜的鄉村世界,介紹他較為人識的一面。

　　在這類作品中,《邊城》非讀不可;此外,可找《三三》、《靜》一讀。沈從文在好些小說裏建構了一個理想中的「湘西世界」,故事的場景不必實指湘西,共通處是小人物都閒適地活於山水之間,靈動自然;煙火人間的紛亂逼迫,彷彿都闖不進那靜樸的世界。

　　短篇小說《靜》由篇目至取材,都很象徵地闡明沈從文樸訥恬靜一路的風格。

　　《靜》是逃難中的故事,沈從文卻從最閒靜處下筆。且看小說的開首幾句:

> 　　春天日子是長極了的。長長的白日,一個小城中,年老人不向太陽取暖就是打瞌睡,少年人無事作時皆在曬樓或空坪裏放風箏。⋯⋯

　　小說主角岳珉,十三四歲,暫居的小樓不是她家,「他們是逃難來的,這地方並不是家鄉,也不是所要到的地方」。隱居鄉

下避戰禍，岳珉她：

> 過了一會。想起這小尼姑的快樂（按：在天台下望的情景之一），想起河裏的水，遠處的花，天上的雲，以及屋裏母親的病，這女孩子，不知不覺有點寂寞起來了。

沒有從戎，一個十四歲小女孩在走難中的日子就只能如此，百無聊賴。真實世界裏的硝煙、死別等戰爭元素在小說內不是沒有出現過的，且看結尾如靜物畫般的幾筆勾勒。女孩岳珉在恬靜的小樓內等門，等爸爸哥哥來與她們會合：

> 這時聽到隔壁有人拍門……莫非爸爸同哥哥來了，……
>
> 可是，過一會兒，一切又都寂靜。
>
> 女孩岳珉便不知所謂的微微的笑着。日影斜斜的，把屋角同曬樓柱頭的影子，映到天井角上，恰恰如另下一個地方，豎立在她們所等候的那個爸爸墳上一面紙製的旗幟。

爸爸一死，闔家剩下來的多是女人，往後的日子不會好到哪裏去。作者在小說末端附註「萌妹述，為紀念姐姐亡兒北生而作」，《靜》改寫自沈家的逃難經歷。小說中岳珉的爸爸去世，現實生活中，沈從文姐姐幾歲大的兒子死於顛沛流離的逃難路上；有戰爭，就有不必要的死亡。《靜》是另一種風格的戰禍小說。

二 樸訥者的義憤

　　沈從文建構的、理想中的「湘西世界」、「鄉村世界」經受現實的不斷衝擊，最終不能不落回現實。1934、1935 年間沈從文重遊故鄉鳳凰縣一帶，發現某一小橋上的廿四家店舖十家成了煙館，五家成了賣煙具的雜貨店。教他魂牽夢縈的故鄉，在亂世中難以獨善其身自成桃花源。此行感受寫成散文集《湘行散記》。

　　沈從文與魯迅、蕭紅等作家有不一樣的風格，即使處理逃難題材，也有能力從最「靜」處下筆（如小說《靜》）；然而，這不表示沈從文走的是周作人一路的遺世風格。當時局勢愈來愈緊張，沈從文的情緒也被拉緊。他的創作世界很「個人」，卻一點也不狹窄，不是今天自我中心的「肚臍眼一族」，他甚至認為「不妨野心更大一點，希望你的心與力貼近當前這個民族的愛憎和哀樂，作出更有影響的事業」。且看他如何看待面對現實、揭示現實的「打頭文學」：

> 　　我們正需要打頭文學！因為文學的基礎若立於「去偽存真」方面，我們的愚蠢方能有消滅的希望，也方能把這個民族目前的危機與未來的恐懼揭發出來，多讓人明白些，多作一番準備。……

沈從文本人就面對現實。夢想與現實一接觸，湘西、鄉村的遷變教他感慨良多，卻沒有迴避。遊訪傳說中桃花源的所在地桃源縣時，沈從文直面了不再純樸的鄉村世界：

> 桃源洞離桃源縣二十五里。……這些婦女（按：指當地婦女）使用她們的下體，安慰軍政各界，且征服了往還沅水流域的煙販，木商，船主，以及種種因出公差過路人。挖空了每個顧客的錢包，維持許多人的生活，促進地方的繁華。一縣之長照例是個讀書人，從史籍上早知道這是人類一種最古的職業……取締既與「風俗」不合，且影響到若干人的生活，因此就正當的定下一些規章制度，向這些人來抽收一種稅（並採取了個美麗的名詞叫「花捐」），把這筆款項用來補充地方行政，保安，或城鄉教育經費。

沈從文寫於 1940 年前後的長篇小說《長河》對家國有更大的承擔。小說寫國家二十多年來戰火不息，人事、體制（如官吏系統）備受傷害。雖然當年因避諱而不少事沒有直書己意，曲折隱藏，然而仍清晰呈現作者不同於從前的深沉。

沈從文隨時代而成長，隨時代而蛻變。

備受魯迅賞識的女作家

蕭紅

(1911-1942)

　　本名張廼瑩，筆名蕭紅、悄吟、田娣、玲玲，黑龍江省呼蘭縣
人，中國著名女作家。日軍侵華其間赴港，終於香港病逝。其文學
作品多反映悲憫胸懷，關注人類的生存境遇。《生死場》為其成名
作，另有《商市街》、《小城三月》、《呼蘭河傳》、《馬伯樂》等小說；
散文《棄兒》、《小黑狗》、《孤獨的生活》、《給流亡異地的東北同胞
書》等；詩作《八月天》、《沙粒》、《苦杯》等；短篇小說與散文合
編包括《跋涉》、《橋》、《牛車上》。

一 走在時代的最前面

　　1911 年以干支計算為辛亥年，此年 10 月 10 日武昌起義成功，清朝覆滅，歷史上把這場革命稱為「辛亥革命」。以 1911 年計，魯迅三十歲（1881 年出生），沈從文九歲（1902 年出生），原名張廼瑩的蕭紅則剛出生，是辛亥年人。

　　到 1919 年「五四」新文化運動，魯迅三十八歲，沈從文十七歲，蕭紅八歲。

　　三位中國現代文學史上的重要作家，以三個年齡層，三種成熟度，三種個性，三種……等等來面對中國的世紀巨變。魯迅常說，他背負舊時代，有沉重的歷史包袱，輕鬆不起來。他是個文人，城市裏的知識份子，做文字及教書工作。沈從文出身湘西，少時貪玩逃學，十五歲從軍，是個軍中長大的鄉野少年。魯迅以知識份子的人文關懷關心政治，非常入世；沈從文心目中的「政治」就是軍閥殺人，官兵掠奪百姓資產，長大後在日本全面侵華之前，刻意遠離「政治」。

　　相比之下，蕭紅成長於新時代，沒沾過幾分清朝氣息，她以丫角小孩之姿面對新世界新時代。1920 年秋天，八、九歲之間，她出生的呼蘭縣有兩家小學破天荒創設女生部，蕭父張廷舉是當地新派鄉紳，出掌教育，自然開明地送女兒入學。自

八至十四、十五歲六年間，蕭紅完成了四年初小、兩年高小的小學課程。別小覷這六年教育，就這樣，一個小女孩接觸新社會，破天荒可以到學堂去讀書識字，不知不覺感受「五四運動」帶來的新氣象。

蕭紅小學畢業那階段，新生的民國未見強盛，受列強侵凌。1925 年中國發生了震驚中外的「五卅慘案」，上海日資紗廠工人罷工，反抗日商欺壓。日商乘機停產，拒發工資，工人抗議，被槍殺打傷者眾。此事引來全國公憤，以各種形式聲援上海工人。當年十四歲的蕭紅參加了呼蘭縣民眾的話劇籌款演出，在《傲霜枝》裏演個小角色。小角色在話劇裏無疑並不重要，可是這類具體參與，卻對她的生命造成深遠影響。人的成長是條不歸路，眼界一開便難以任人擺佈。於是她以絕食來爭取到哈爾濱升讀中學，也爭取自由戀愛，拒嫁父親安排的地方幫統之子，並離家出走……。

蕭紅，作為第一代覺醒的女性，在完全沒有社會基礎下嘗試做有個性的獨立女子。結果，確實換來一定的自由天地，卻一生坎坷。蕭紅在 1942 年 1 月病逝於香港，享年三十一歲。

飢寒交迫下的女浪人

　　出生於辛亥年，成長於「五四」年間，蕭紅為了走自己的路而吃盡苦頭。1930 年間的中學階段，蕭紅因拒嫁父親安排的紈絝子弟而離家出走。當時別說女子了，就是男子漢也難找工作。沒有經濟條件的女性，有家無家都有淪為妓女之虞。蕭紅身無積蓄，流浪處境淒涼而危險。十九歲離家的經歷可看散文《初冬》、《過夜》。

　　《初冬》寫飢寒交迫的蕭紅遇上弟弟勸她回家：「瑩姐，我真擔心你這個女浪人。」蕭紅（張廼瑩）拒絕回去。《過夜》寫她流浪街頭某個晚上的遭遇。東北冬天下雪，且看女浪人在雪地上怎麼個寒法：

> 　　腳在下面感到有針在刺着似的痛楚。……積雪在腳下面呼叫：「吱，吱，吱」我的眼毛感到了糾絞，積雪隨風在我的腿部掃打。……腳凍得麻木了，需要休息下來，無論如何它需要一點暖氣，無論如何不應該再讓它去接觸着霜雪。

　　身無分文而在苦寒的東北初冬流浪，不但辛苦而且有性命危險，隨時凍死街頭。現實生活不是浪漫流行小說，在最危急時不會突然跳出個白馬王子，也不如武俠小說中的大俠，不用

工作卻總有銀兩傍身。幾乎餓暈的蕭紅在豆漿檔被老鴇「救」回家中。小屋內，她碰上一個比她可憐、才十三歲的小女孩：

> 我整天沒有吃東西，昏沉沉和軟弱，我的知覺似乎一半存在着，一半失掉了。在夜裏，我聽到了女孩的尖叫。……
>
> 「不，媽呀！」她赤着身子站在角落裏去。
>
> 她（鴇母）把雪塊完全打在孩子的身上。……孩子的腿部就流着水的條紋。

第二天早上，老鴇向蕭紅索住宿費，蕭紅想以僅有的鞋套償付，誰知：

> （按：老鴇說）「昨天她（女孩）把那套鞋偷着賣了！她交給我錢的時候才知道。半夜裏我為什麼打她？就是為着這樁事。……我說我要用雪把她活埋……不中用的（按：指接客），男人不能看上她的，看那小辮子！活像個豬尾巴！」
>
> 她回轉身去扯着孩子的頭髮，好像在扯着什麼沒有知覺的東西似的。

蕭紅的小說及散文，很有實感地展現了當年貧苦女性的命運，例如散文《過夜》裏那個十三歲的丫頭。老鴇打女孩的原因只有她才知道，在另一段落老鴇如是說：「再過兩年我就好了。管她長得貓樣狗樣，可是她到底是中用了！」

老馬入屠房

　　魯迅與蕭紅是我最最喜歡的兩位中國作家。魯迅 1936 年過身，蕭紅 1942 年病逝於香港，是半個世紀以前的作家了，可是留下來的作品，今天讀來仍覺沒多少位當代中國作家可堪比較。

　　幾度猶豫，終於決定節選《生死場》第三章〈老馬走進屠場〉一小段讓同學讀一讀。初看再看，我都感動落淚。此章講述王婆被催租，逼着將老馬送宰。選段寫王婆帶老馬穿街過巷到屠宰場的情況，既抵刑場，人馬又如何生死訣別。

　　　　……這是一條短短的街。就在短街的盡頭，張開兩張黑色的門扇。再走近一點，可以發現門扇斑斑點點的血印。被血痕所恐嚇的老太婆好像自己踏在刑場了！她努力鎮壓着自己，不讓一些年青時所見到刑場上的回憶翻動。……

　　馬終於被引進那兩扇門內 —— 屠宰場，可是：

　　「不行，不行，……馬走啦！」

　　王婆回過頭來，馬又走在後面；馬什麼也不知道，仍想回家。屠場中出來一些男人，那些惡面孔們，想要把馬抬回去，終於馬躺在道旁了！像樹根盤結在地中。無法，王婆又走回院中，

馬也跟回院中。她給馬搔着頭頂，牠漸漸臥在地面了！漸漸想睡着了！忽然王婆站起來向大門奔走。在道口聽見一陣關門聲。

她哪有心腸買酒？她哭着回家，兩隻袖子完全濕透。⋯⋯

家中地主的使人早等在門前，地主們就連一塊銅板也從不捨棄在貧農們的身上，那個使人取了錢走去。

王婆半日的痛苦沒有代價了！王婆一生的痛苦也都是沒有代價。

老馬的死並未足以完全清償欠租。欠租利疊利、利上利，王婆一世也還不了，只能不斷被吸血。老馬幾乎是王婆唯一的勞動力，老馬所生的小馬太瘦太小，擔不起重活。王婆非常愛惜陪她捱窮捱苦的老動物。憐憫身不由己的老動物之餘，貧農在那個年代活得不比老畜牲好，一樣是被榨取、被掏空揸乾，之後走上絕路。

讀現實主義寫作手法的現代文學，恍如從另一個角度讀百年近代史。大家必須知道，國家近百年是如何一路走來的 ——內外患交煎，民窮財盡。

二 對牛、馬、羊之愛

蕭紅 1932 年正式寫小說，時年廿一歲。《生死場》寫於 1933 年，年方廿二。寫《生死場》之前寫過七八個短篇，技藝上有瑕疵，卻質樸真實、觸覺極敏銳，相當動人。當中如《王阿嫂的死》與《小黑狗》都是催淚彈。中篇《生死場》感人之餘，謀篇佈局、描寫用字都成熟，出手不凡。

上一篇所引的一段之外，第三章〈老馬走進屠場〉有很多精彩的細節，蕭紅觀物於微、敘事狀物能力高，叫人驚訝。忍不住多引一小段，此段寫老馬並不知道自己要赴死，屠宰場院子內掛滿剛被宰殺的牛馬，且看蕭紅如何寫身處刑場的老動物：

> 在南面靠牆的地方也立着杆，杆頭曬着在蒸氣的腸索。這是說，那個動物是被釘死不久哩！腸子還熱着呀！
>
> 滿院在蒸發腥氣，在這腥味的人間，王婆快要變做一塊鉛了，沉重而沒有感覺了！
>
> 老馬——棕色的馬，牠孤獨的站在板牆下，牠借助那張釘好的毛皮在搔癢。此刻牠仍是馬，過一會牠將也是一張皮了！

像上述引文完全不用解說你也讀得出它好在哪裏。蕭紅觀察力強、描寫不落俗套，那些細節充滿生活質感與張力。文字

自然而不誇張，卻在樸實中透現震撼人的力量。那份魅力與功力，來自作家的心靈與對人對物的關愛。

蕭紅很樸實地去寫人間慘事，即使觸及最血腥的場面，也不會令你覺得賣弄，因為背後有重量與悲切，是有誠意的人間關顧。

讀蕭紅般寫實作家為百年中國的苦難留下來的佐證，令你知道中國近幾十年如何一路走來。知道了，你就不會對自己國家有太多不切實際的苛求。

作家胡風如此稱許蕭紅的《生死場》：

> ……她所寫的農民們底對於畜牲（羊、馬、牛）的愛着，真實而又質樸，在我們已有的農民文學裏似乎還沒有見過這樣動人的詩片。

當代不知何故對寫實主義手法的作品有偏見，尤其新派文藝青年都嫌它不夠花巧。好嘍，花花巧巧玩了十多年，不少現代、後現代創作都走入死胡同。文學寫作，其實什麼手法都可以，關鍵是作者有沒有把它寫好。

1930 年代的貧賤夫妻

　　三十年代的中國外憂內患非常嚴重，叫本來已貧無立錐之地的低下階層活得更見坎坷。蕭紅的小說即使沒有實寫及點明背景，也讀得出是寄託於中國二十世紀初那種環境下的故事。她的小說沒有強調背景，集中力度寫人。她對人物的勾勒極細膩，人物舉手投足生動逼真得如在面前。她注重細節，後期一些小說如《馬伯樂》甚至不避把外人看來很微末的瑣事入文。然而，神妙在於個別人物非常立體的一篇小說，讀起來卻很有超乎角色「個人」的時代質感。

　　蕭紅的作品，例如中篇《生死場》以及若干短篇小說、散文的藝術成就，在本地學術圈以至中學圈有被低估之嫌。本地讀者熟悉張愛玲，卻忽略小說成就不下於張愛玲的蕭紅。而就傳奇性而言，蕭紅一生際遇也迂迴曲折。

　　前文介紹過的《生死場》寫於 1933 年前後，當時日軍部署全面侵華，社會整體的民生及經濟面臨崩潰，小說裏的王婆、金枝、月英都活在這樣的大背景下。繼第三章感人至深的〈老馬走進屠場〉，第四章〈荒山〉依然叫人震撼。這章寫一對 1930 年代的貧賤夫妻。月英原是打魚村的美人，嫁夫後得癱病只能臥床。最初丈夫還盡過人事：

月英坐在炕的當心。那幽黑的屋子好像佛龕，月英好像佛龕中坐着的女佛。用枕頭四面圍住她，就這樣過了一年。一年月英沒能倒下睡過。她患着癱病，起初她的丈夫替她請神，燒香，也跑到土地廟前索藥。……以後做丈夫的覺得責任盡到了，並且月英一個月比一個月加病，做丈夫的感着傷心！他嘴裏罵：「娶了你這樣老婆，真算不走運氣！好像娶個小祖宗來家，供奉着你吧！」

起初因為她和他分辯，他還打她。現在不然了，絕望了！晚間他從城裏賣完青菜回來，燒飯自己吃，吃完便睡下，一夜睡到天明，坐在一邊那個受罪的女人一夜呼喚到天明。宛如一個人和一個鬼安放在一起，彼此不相關聯。

兩三年下來，月英仍然無力坐立。此時丈夫給她的是冷硬磚頭，不是棉被。

月英指點身後說：「你們看看，這是那死鬼給我弄來的磚，他說我快死了！用不着被子了！用磚依住我，我全身一點肉都瘦空。那個沒有天良的，他想法折磨我呀！」

這是聽了叫人椎心的怨懟。扭曲了的，不止是夫妻關係，是人性。

一 懾人的朽敗萎謝

　　丈夫不再理她的最後階段，月英的情況相當嚇人。蕭紅以懾人筆力描述月英的狀況，過分刪節會讀不出文字的張力，茲盡引如下：

> 　　王婆給月英圍好一張被子在腰間，月英說：
>
> 　　「看看我的身下，髒污死啦！」
>
> 　　王婆下地用條枝攏了盆火，火盆騰着煙放在月英身後。王婆打開她的被子時，看見那一些排泄物淹浸了那座小小的骨盆。五姑姑扶住月英的腰，但是她仍然使人心楚的在呼喚！
>
> 　　「唉呦，我的娘！⋯⋯唉呦疼呀！」
>
> 　　她的腿像一雙白色的竹竿平行着伸在前面。她的骨架在炕上正確的做成一個直角，這完全用線條組成的人形，只有頭闊大些，頭在身子上彷彿是一個燈籠掛在杆頭。
>
> 　　王婆用麥草揩着她的身子，最後用一塊濕布為她擦着。五姑姑在背後把她抱起來，當擦臀部下時，王婆覺得有小小白色的東西落到手上，會蠕行似的。借着火盆邊的火光去細看，知道那是一些小蛆蟲，她知道月英的臀下是腐了，小蟲在那裏活躍。月英的身體將變成小蟲們的洞穴！王婆問月英：「你的腿覺得有點痛沒有？」

月英搖頭。王婆用涼水洗她的腿骨，但她沒有感覺，整個下體在那個癱人像是外接的，是另外的一件物體。當給她一杯水喝的時候，王婆問：「牙怎麼綠了？」

終於五姑姑到隔壁借一面鏡子，同時她看了鏡子，悲痛沁人心魂地她大哭起來。但面孔上不見一點淚珠，彷彿是貓忽然被斬軋，她難忍的聲音，沒有溫情的聲音，開始低嘎。

上述片段是否相當懾人？那已經不是寫「女性命運」那麼簡單了。「女性主義」之類的分析如用得不到家，會把蕭紅小說的意義讀窄讀扁。三十年代的那種窮困是絕貧，窮人無大夫延醫。

《生死場》寫時蕭紅仍是個文壇新秀，正式寫小說才兩年，可是文字成熟，觀察敏銳，出手不凡。蕭紅小說內的人物立體而深刻，人物彷彿自具「個別性」（與「典型性」、「典型人物」相反的「個別性」），不是「反映時代」。我認為，只要不把文學理論及概念搞僵化了，讓小說說話，則蕭紅小說再細寫人物「個人」，卻肯定與大時代有關 —— 惡劣的社會狀況，外國侵凌，進一步把貧賤夫妻，尤其是當中沒有社會地位的女性推向絕境。生活的「窮」與「絕」，令人性的陰暗面更加陰暗，凶險處益形險惡。

蕭紅的力作透過寫「個別性」來「反映時代」。兩者絕對可以相容並存於一篇好小說之內。

二 泥浪滔滔的黃河

　　蕭紅的戰爭小說也許在當年非常另類，既沒正寫戰事，也沒有將戰士英雄化。然而，看來蕭紅這類戰爭小說的反戰效果更加雋永。且以短篇《黃河》為例，分兩次細談。讀時不要去想它是不是抗戰文學？結尾是悲觀抑或樂觀？先靜心細讀《黃河》的小說文本。

　　小說以悲壯奔騰的黃河泥浪為背景，開筆兩小段寫得很有韻致。

　　　　悲壯的黃土層茫茫地順着黃河的北岸延展下去，河水在遼遠的轉彎的地方完全是銀白色，而在近處，它們則扭絞着旋捲着和魚鱗一樣。帆船，那麼奇怪的帆船！簡直和蝴蝶的翅子一樣；在邊沿上，一條白的，一條藍的，再一條灰色的，而後也許全帆是白的。也許全帆是灰色的或藍色的，這些帆船一隻排着一隻，它們的行走特別遲緩，看去就像停止了一樣。除非天空的太陽，就再沒有比這些鑲着花邊的帆更明朗的了，更能夠眩惑人的感官的了。

　　　　載客的船也從這邊繼續地出發，大的，小的；還有載着貨物的，載着馬匹的，還有些響着鈴子的，呼叫着的，亂翻着繩索的。等兩隻船在河心相遇的時候，水手們用着過高的喉嚨，他們

說些個普通話：太陽大不大，風緊不緊，或者說水流急不急，但也有時用過高的聲音彼此約定下誰先行，誰後行。總之，他們都是用着最響亮的聲音，這不是為了必要，是對於黃河他們在實行着一種約束。或者對於河水起着不能控制的心情，而過高地提拔着自己。

黃河沉積污泥，夾沙帶石，讀上述引文時且留意蕭紅如何形容濁泥水中翻起的浪花，以及並不清澈但壯麗的水流景觀。「河水在遼遠的轉彎的地方完全是銀白色」，黃河河水泥黃，激起的浪頭是不透明的奶白色，陽光下成了銀白色；「扭絞着旋捲着」，黃河水濁而稠，漿水般的浪潮是「扭絞着旋捲着」，「扭」與「旋」兩個動詞下得準確生動，把水的質感也寫了。至於以「蝴蝶的翅子」來形容澎湃翻湧的河水上的一張小帆，更屬神來之筆，形象、動態、以至河水與小帆的大小比例都照顧了。

上述引文優秀、準確、生動。它的好，不是技術層面的語文能力問題。寫得出上述引文的作家，一定是觀察力敏銳纖細，對中文嫻熟至有語感。多讀類似的優質經典，閱讀才對人產生正面作用。今天語文課程設計者並不珍惜優質範文，在這種情況下語文水平可以如何改善，實在百思不解。

二 借渡的八路兵

　　《黃河》寫一名八路軍因喪妻而掉隊，需要借渡追行程。小說中的八路軍沒有名字，帆船掌舵人閻鬍子叫他「老鄉」。閻鬍子山東人，老鄉山西人，靠鄰（省）而居，「咱兩家是不遠的」。閻鬍子對老鄉親切，起自得悉老鄉會路經趙城，他妻兒現居處。趕路的老鄉令閻鬍子「忽然」有「家的回念」，思緒失控，閻鬍子直到水手提醒他的船走上了急流，才把家的話題放下。

　　山東漢閻鬍子因水災而離鄉。蕭紅詳寫豬狗溺死而略寫人亡，以動物映照人活得不比牠們矜貴。且看蕭紅如何描寫閻鬍子憶述家鄉水患：

> ……黃河的大水一來到俺山東那地方，就像幾十萬大軍已經到了……在一個黑沉沉的夜裏，大水可真地來啦；爹和娘站在房頂上，爹說：「……怕不要緊，我活四十多歲，大水也來過幾次，並沒有捲去什麼」，……第一聲我聽着叫的是豬，許是那豬快到要命的時候啦，哽哽的……以後就是狗，狗跳到柴堆上……在那上頭叫着……再以後就是雞……牠們那些東西亂飛着……柴堆上，牆頭上，狗欄子上……反正看不見，都聽得見的……別人家的也是一樣，還有孩子哭，大人罵。只有鴨子，那一夜到天明也沒有休息一會，比平常不漲大水的

時候還高興……鴨子不怕大水，狗也不怕，可是狗到第二天就瘦啦，……也不願睜眼睛啦……鴨子可不一樣，胖啦！新鮮啦！……呱呱的叫聲更大了！可是爹爹那天晚上就死啦；娘也許是第二天死的……

上述片段寫來切合農民口吻。老百姓苦慣了，苦字不會輕易掛在口邊。閻鬍子山東住不下去就跑福地關東（即東三省）。好不容易在關東安頓下來了，卻跑來日本鬼子。關東之後就是趙城，自己則在黃河當船夫賺生計。每次撐載難民過河，閻鬍子會心想：「看那哭哭啼啼的老的、小的……真是除了去當兵，幹什麼都沒有心思。」

閻鬍子因有家累而沒有從戎衛國，個人性命保住了，卻活在天災、家散、外侮的夾縫中。這是當時百姓的普遍命運。小說結尾閻鬍子茫然問八路兵：「我問你，是不是中國這回打勝仗，老百姓就得日子過啦？」這確是個大問題。

戰爭，深化了民困。弱國無主權，積弱與被侵凌是攣生兄弟。我認為蕭紅寫的毫無疑問是戰爭小說，深刻處不只是從人出發寫戰禍，而是她沒有將國情與戰爭的情況簡單化！

二 抗戰，怎麼個「艱苦」法？

從前聽人說「艱苦抗戰」，只把「艱苦」看成一般形容詞。長大後讀歷史，也讀現代文學，「艱苦」二字才補充了實感。

蕭紅抗戰時期發表了十一篇作品，如《蓮花池》、《孩子的講演》、《曠野的呼喊》、《北中國》、《山下》、《黃河》等。上文談了《黃河》，此次談《曠野的呼喊》。

《曠野的呼喊》藝術成分頗高。小說裏狂飆猛颳得有點斜門的春風，有豐富的象徵意味。至於內容，《曠野的呼喊》可以深談之處也不少，此次只談物質匱乏一面在小說如何呈現。主角陳公公及妻子陳姑媽有個二十歲的兒子。自某天開始，兒子不時「失蹤」，三、五、七天不等。小說寫陳氏夫婦對兒子安危焦慮如焚。及後，兒子自言「失蹤」是去當鐵道工賺錢，父母才放下心頭大石。兒子的工錢全數用來供養父母。且細讀陳家是怎麼個窮法：

> 陳姑媽在燒香之前，先洗了手。平日很少用過的家製的肥皂，今天她存心多擦一些，……陳姑媽又用原來那塊過年時寫對聯剩下的紅紙把肥皂包好。肥皂因為被空氣的消蝕，還落了白花花的堿末兒在陳姑媽的大襟上……又從梳頭匣子摸出黑乎乎的一面玻璃磚鏡子來，她一照那鏡子，她的臉就在鏡子裏被切成

橫橫豎豎的許多方格子。那塊鏡子在十多年前被打碎了以後，就纏上四、五尺長的紅頭繩，現在仍舊是那塊鏡子。她想要照一照碎頭髮絲是否還垂在額前，結果什麼也沒有看見，只恍恍惚惚地她還認識鏡子裏邊的確是她自己的臉。她記得近幾年來鏡子就不常用，⋯⋯所以那紅頭繩若不是她自己還記得，誰看了敢說原先那紅頭繩是紅的？因為發黴和油膩得使手觸上去時感到了是觸到膠上似的。⋯⋯

可有留意蕭紅對肥皂、鏡子與紅頭繩的描寫；當年，已經算是有日子可過的貧下農民就是這個窮法。而《黃河》則有拾豆粒的描寫：「孩子和婦人用着和狗尾巴差不多的小得可憐的笤帚，在掃軍隊的運輸隊撒留下來稀零的、被人紛爭着的、滾在平平的河灘上的幾粒豆粒或麥稞。」

結果呢？陳公公的兒子原來是抗日份子，趁修鐵路時搞破壞，令日本人翻火車。破壞終告成功之日，幾百名鐵路工被抓，陳公公的兒子吉凶未卜。在幾億人口也絕貧的狀況下抗日，確是艱苦抗戰。

用經典文學重尋人性

　　曾分別向成年人與中學生介紹蕭紅的《生死場》。成人閱讀班上一位退休女士說，「蕭紅寫的東西太悲慘了，刨到人性最深處，閱畢久久未能釋懷。」女士年過五十，人生閱歷豐富，她讀文學，不一定是蕭紅，但肯定比未長大的中學生來得深刻。她的未能釋懷，與其說是因為內容淒慘，不如說是她讀通了作者洞察人情道理的人文力量。文學，尤其針對今天的社會，我一再倡議必須「還文學以通人情」的方向來閱讀。讓有深度的文學作品幫助年輕人學「做人」，打通人性上的任督二脈。

　　蕭紅《生死場》中的〈老馬走進屠場〉一章寫王婆被催租，窮途末路逼不得已把愛馬送宰。小說場景既然是牛馬屠房，血腥場面在所難免。給中學生閱讀時，問他們可有抗拒。你猜一群平日除了流行小說不肯多讀經典的學生如何回答？當中一位說得最具體：「是有血腥場面，卻不止讀到血腥，」他很沒信心，怯生生地說，「覺得，作者背後有惻隱之心。」我大讚他說得好。他是理科生，自以為「不懂文學」。

　　這位理科男生的意見是班上大部分人的意見。文學，有背後的、作者「態度」這回事。當代一些所謂的文學作品良莠不齊，不少「作家」以腥風血雨、情慾色慾來譁眾突圍，態度上

靠技藝眩人耳目，作品底子沒有生活質感。倒是二十世紀初，「五四」新文化運動下一批帶寫實精神的作家，寫出來的作品有「人」味。這類作品有令人動惻隱之心的「殘忍」場面，卻不會把你「讀壞」，因為作者下筆有誠意，「心正」，寫屠場卻讓人讀出對人、對動物的悲憫大愛。今人讀文學，似乎忽略了作品、作家會有（或沒有）「正心誠意」這回事。這一面，用「當代文學理論」是切割不出來的，要靠你用心去讀，花幾年時間排出一個評鑑系統，自行辨識優劣。

這說法看似很老土，卻真有用。肯多讀有生活質感、有人文關懷的好文學，你將不太會以個人的小悲小苦為苦。原因是多讀人情道理深邃真切、人物性格立體的作品，你「做人」大概不會做得太淺薄。心智成熟者的人生路會走得平順些。

蕭紅的作品調子悲涼，但讀得通，你不會只被煽起悲憫之心、淚濕一方手帕而已。讀蕭紅作品可多注意的，是她如何凝視、思索人生，以及人性之種種。多讀內蘊深刻豐富的好文學，你會重尋立體的人性，並得以學「做人」。

曹文軒

首位奪得國際安徒生文學獎的中國作家

（1954 · ）

生於江蘇鹽城，北京大學教授、博士生導師。主要文學作品集
有《憂鬱的田園》、《紅葫蘆》、《追隨永恆》、《甜橙樹》等；長篇小
説有《山羊不吃天堂草》、《草房子》、《紅瓦》、《根鳥》、《細米》、《青
銅葵花》、《天瓢》以及《大王書》系列、《我的兒子皮卡》系列和《丁
丁當當》系列等。《紅瓦》、《草房子》、《根鳥》、《細米》、《天瓢》、
《青銅葵花》等分別被譯為英、法、德、日、韓等文字。於 2016 年
獲得「國際安徒生文學獎」。

白雪深山孤樹上的金紅柿子

　　如果未曾讀過曹文軒的小說，要找一本或幾個短篇試看，長篇小說《草房子》，以及單篇小說《雪柿子》是個不錯的選擇。《草房子》比較男孩氣，寫叛逆少年的成長。而《雪柿子》則小朋友、「童趣」味道濃重些，帶點童話小說的韻味，更易讀。《雪柿子》的章法及技巧，也適合教創作用。

　　《雪柿子》講述在一個鬧饑荒的冬季，山坳內的一個小村莊，在雪厚寒烈的艱難下，飢餓困厄特別突出。村內一個小男孩樹魚在一次迷路中發現一株柿樹。樹上有三十六個金紅透亮的柿子。小說上半篇描寫樹魚如何做夢般發現柿樹、守護柿樹；後半篇是柿樹給其他孩子發現了，寫眾人如何望柿止飢。他們說好只看不摘，因為三十八個人卻只有三十六個柿，在未想到最好的分配方法之前，先把樹守護好，因為柿樹成了村中唯一仍然新鮮的、讓人可以盼望的食糧。

　　以下一段寫樹魚初次發現柿樹的情況：

　　　　就在他的身體轉動了半圈，而面向一處有點兒隱蔽的山坳時，他一下跌入了夢境：

　　　　在那個無人會走到的山坳裏，長着一棵柿子樹，那柿子樹上，居然掛了一樹的柿子！

他覺得，自己有點兒要站不住了。但這一回，他沒有暈倒。他情不自禁地搖晃了一陣，終於穩住了自己。他向那棵柿子樹走去。

柿子樹落盡了葉子，只是一根根完全裸露的樹枝。

枝頭掛着的柿子一般大小，上面小部分落着雪，看上去像白糖，下面大部分，因被雪水洗過，呈金紅色，透亮，如同打過蠟。

正有一片陽光從山頂的一個豁口照在柿子樹上，使那棵柿子樹彷彿是在天堂裏，在仙境裏。

望着靜穆的柿子樹，樹魚無端地想到：那柿子到了夜晚，會一顆顆亮起來的。

上面一段文字如文字畫，有顏色、有光暗，落在任何一個學畫的朋友手上都足以轉為圖像。白糖與金紅色是顏色，再加一點 3D 般的立體效果 ——「透亮，如同打過蠟」；不只的，還要有一道更大的光源（「正有一片陽光從山頂的一個豁口照在柿子樹上」），不但柿立體了、樹立體了，整個大場景也呼之欲出。而「雪」以「白糖」形容之，既是雪粉的形態，也呼應飢餓的主題。這些，就是我們所說的文學修飾。

《雪柿子》之可讀易讀，不只是它有童趣、有畫意，還因為有健康的價值觀，講守護與分享，讀之令人心性和善。

柿樹最終有一顆柿子給摘下來了，樹魚用來給了他曾經很不喜歡、甚至是對頭人的丘石兒。可憐的丘石兒餓病了。樹魚

之所以對丘石兒改觀，是在他迷路時，身體單薄的丘石兒跟其他朋友仔辛辛苦苦去找他。找到樹魚之後，丘石兒沒有表現得很熱情，可是一句「快回家吧」，令樹魚「心動」。動了什麼心呢？感恩之心。

臨近過年時，也是救濟糧食快要到來之際，丘石兒卻倒下了。在丘石兒被木板車推走時，樹魚把一顆柿子塞到他懷裏。

感動，有時不一定是眼熱落淚，就那麼的一點點心動，已盡在不言中。《雪柿子》是一篇讀來清新舒服的童趣小說。

米缸空了的聲音

經常有同學說，生活平平淡淡，每天上學下課，走同一條路，搭同一樣的交通工具，這樣不起波瀾的生活，沒有題材。課堂上的作文，也因而寫得不好。

教創作班時經常要解釋，題材就在平凡的生活中。大家缺的是對生活觀察的敏感度，而不是題材。以下用曹文軒短篇小說集《寂寞的小巷》內的《雪柿子》為例，讀他如何寫我幼時家中也有的大米缸。六七十年代的香港，沒有超市，米買回來，就放在深棕色的大米缸內。有年制水，米缸被清空，用來儲存清水。我也曾伸頭進去未儲水的、深深的米缸內，做下面片段中小孩做的事 —— 就是那種感覺。

讀優秀作家怎樣寫活你也曾有過的感覺，是對你既有的感觀記憶的鈎沉與提升。

下面是《雪柿子》談米缸的一小段文字描寫：

> 這是很久很久以前的故事 ——
>
> 整個夏季和秋季，天空沒有掉下一滴雨，所有的莊稼全部枯死，冬季來臨時，這百十戶人家的山村，開始接受飢餓的煎熬。
>
> 米桶、米缸都空了。明明是空了，大人和孩子還是禁不住

要打開蓋子看一看。真的空了，一絲不剩的空，乾乾淨淨的空。飢餓的孩子不死心，把腦袋伸進米桶或米缸，還用手在裏面仔細地摸索了一陣。

空了！

飢餓的孩子還未滅盡一番童心，把頭埋進米桶或米缸裏，從嘴裏發出聲音。那聲音出不來，在米桶或米缸裏旋轉着，轟鳴着。孩子覺得這很有趣，便放大了喉嚨，聲音嗡嗡地響着，有點兒像天邊的雷聲。

終於不再遊戲，腦袋慢慢抬起來時，臉色蒼白，眼角不知何時已掛上了淚珠。

上面引文不足三百字，沒有艱澀深字，卻一層一層地塑造「空了」的感覺。先是大人和孩子打開蓋子看一眼，看見真的空了；而且是「一絲不剩的空，乾乾淨淨的空」。可是，小孩不死心，用手往裏面摸索了一陣，是由觸覺證明空了！飢餓的小孩童心未泯，進而頑皮地把頭伸進去探測，並從嘴裏發出聲音，引來一陣嗡嗡聲。

上述以眼看、用手摸，以證明什麼都沒有，是以「無」去寫「空無」；而小孩在缸內發出聲音，並引起嗡嗡的共鳴聲，則是以「有」寫「無」。共鳴聲就是「有」，用來反證米缸很空，空到可以產生共鳴效果。

以「無」寫「無」，是正寫；以「有」寫「無」，是反過來寫。這些都是描寫上慣用的手法。當然，知道了有這種寫作手法，

不表示你就可以寫出優秀的文章。還要看你識字夠不夠多；生活感受是否足夠；以及有沒有多讀書。不讀書，不識字，沒有生活，則光有理論，也沒辦法把文章寫好。

　　上面段落令我最欣賞的，是作者之後筆鋒一轉，有「終於不再遊戲，腦袋慢慢抬起來時，臉色蒼白，眼角不知何時已掛上了淚珠」幾句。這幾句，令文字有沉下去的「重」點（沉重的「重」），令文字有重量、有分量，不是只得童趣「輕」巧的一面。文字的韻味，就來自有輕有重的跌宕。

二 光頭仔的報復與救贖

　　如果有時間看長篇，可選看曹文軒的《草房子》。《草房子》共九章，可以分別當九個獨立短篇來看。本篇賞析第一章〈禿鶴〉。這一次學習什麼叫順理成章，也是謀篇佈局的關鍵。我們說讀書明理，千真萬確。假如青少年願意多讀嚴肅的文學作品，一定會得到讀書明理的效果。因為寫得嚴謹的小說，故事情節及人物的心理發展，會有「內在邏輯」；情節與人物心理變化要寫得合理，才是好小說。所以如多讀好小說，做人處事的理路不會差到哪裏去。

　　〈禿鶴〉是《草房子》開卷的第一章。禿鶴原名陸鶴，因遺傳了同村人的基因，是個禿子；而他又長得高且瘦，兩條腳可以想像如鶴足。禿鶴就讀油麻地小學 —— 跟香港的油麻地完全無關。禿鶴在小學三年級之前對自己的禿頭一點都不在意，直至小三開始，他忽然介意了。故事說的是小六的事。整部《草房子》的主角是桑桑。桑桑是校長桑喬的兒子，為人特立獨行，也格外反叛頑皮。禿鶴是他同學。〈禿鶴〉結構緊湊完整，第一個高潮直接跟桑桑有關，第二個高潮則桑桑有份參與。

　　故事梗概是這樣的，禿鶴開始介意禿頭後，父親給他買了一頂好看的白色鴨舌帽。某次他的鴨舌帽被人偷走，出於捉

弄，給擱到旗桿上。禿鶴頂着禿頭爬旗桿想取回帽子，但總是爬到一半便滑下來，洋相盡出。事件由老師介入，帽給取回來了，可是禿鶴卻憤憤然從此索性不戴帽。惡作劇的主謀，是頑皮的桑桑。

為了報復，禿鶴堅持要參加一次會操校際比賽。在油麻地小學勝券在握之際，禿鶴把遮着他禿頭的帽子飛走，立即引來一陣混亂，團隊的會操也走了樣！結果，什麼獎項也沒拿到。這就是小說的第一個高潮。作者把會操場面寫得很生動。高潮留下一個疑問，引出往後的情節。疑問是：仇，給報了，下一步呢？下一步又如何？

下一步是全個小六班級都喪氣了。喪氣中沒有人再理他，連笑他的人都沒有。此時禿鶴反過來用盡辦法使自己不再是透明人。當然，他的努力是徒勞的。小說發展至此，第二個高潮出場了。春節即將來臨，油麻地小學要參加每年一次的文藝匯演，全鄉幾十家中小學都要準備一個表演項目。油麻地小學表演話劇《屠橋》，劇內有一個偽軍連長角色，這角色是個禿子，很多對白都跟禿頭有關，不宜由帶髮的同學來演繹，也不能改劇本的唱詞和道白來遷就，因為動作太大了。就在大家無計可施之際，禿鶴請桑桑傳紙條給老師，說他願意頂着真禿頭去演這角色。結果，禿鶴全情投入去演劇，為學校贏來滿場掌聲。而禿鶴，也因而再被同學接納。

由故事梗概已知情節的內部邏輯很講究，情節的合理性被

充分照顧。禿頭被嘲笑不足以積儲報仇的壓力，於是安排一場在眾目睽睽下的惡作劇，滿滿的屈辱感令強烈的報復有了合理性。而禿鶴的報復與救贖都與集體榮辱有關，在會操失去的學校榮譽，讓禿鶴在校際表演中取回來，全部都跟「眾目睽睽」有關。小說中情節元素的設計，完整周密。再加上作者的文字功力，令高潮之出現予人順其自然的感覺。

最值得欣賞的是小說中的道理 —— 是啊，有仇必報，給你成功報仇了又如何呢？就是這個高潮，引出第二個高潮。小說的情理，環環相扣。

大家猜一猜，禿鶴演出成功，大家重新接納他的一筆，曹文軒如何處理？下一篇文章告訴你。

二 不代表悲哀的哭泣

　　禿鶴爭取到一個演出成功的機會，為學校增光，並重新被大家接納的一筆，作者曹文軒是如何處理的呢？

　　大家欣喜地慶祝？在掌聲中、舞台上前嫌冰釋？假如是你，你會如何處理？

　　看看作家如何收筆。下文的桑喬是油麻地小學校長，桑桑他爸。

　　　　在一片演出成功的欣喜中，不見了禿鶴……

　　　　禿鶴從未演過戲。但禿鶴決心演好這個戲。他用出人意料的速度，就將所有台詞背得滾瓜爛熟。

　　　　不知是因為禿鶴天生就有演出的才能，還是這個戲在排練時禿鶴也看過，他居然只花一個上午就承擔起了角色。

　　　　……當禿鶴上場時，全場掌聲雷動，孩子們全無一絲惡意。

　　　　禿鶴要把戲演得更好。他把這個角色要用的服裝與道具全都帶回家中。晚上，他把自己打扮成那個偽軍連長，到院子裏，借着月光，反反覆覆地練着……

　　　　他將大蓋帽提在手裏，露着光頭，就當紙月在場，驢拉磨似地旋轉着，數着板。那個連長出現時，是在夏日。禿鶴就是按夏日來打扮自己的。但眼下卻是隆冬季節，寒氣侵入肌骨。禿鶴

不在意這個天氣，就這麼不停地走，不停地做動作，額頭竟然出汗了。

到燈光明亮的大舞台演出那天，禿鶴已胸有成竹。《屠橋》從演出一開始，就得到了台下的掌聲，接下來，掌聲不斷。當禿鶴將大蓋帽甩給他的勤務兵，禿頭在燈光下鋥光瓦亮時，評委們就已經感覺到，桑喬又要奪得一個好名次了。

禿鶴演得一絲不苟。……

……可以說，禿鶴把那個角色演絕了。

演出結束後，油麻地小學的師生們只管沉浸在勝利的喜悅之中，而當他們忽然想到禿鶴時，禿鶴早已不見了。

問誰，誰也不知道禿鶴的去向。

「大家立即分頭去找。」桑喬說。

是桑桑第一個找到了禿鶴。那時，禿鶴正坐在小鎮的水碼頭的最低的石階上，望着被月光照得波光粼粼的河水。

桑桑一直走到他跟前，在他身邊蹲下：「我是來找你的，大家都在找你。」

桑桑聽到了禿鶴的啜泣聲。

油麻地小學的許多師生都找來了。他們沿着石階走了下來，對禿鶴說：「我們回家吧。」

桑喬拍了拍他的肩：「走，回家了。」

禿鶴用嘴咬住指頭，想不讓自己哭出聲來，但哭聲還是克制不住地從喉嚨裏奔湧而出，幾乎變成了號啕大哭。

紙月哭了，許多孩子也都哭了。

純靜的月光照着大河，照着油麻地小學的師生們，也照着世界上一個最英俊的少年⋯⋯。

文學創作，技巧可以教可以學，但如何構思創作意念？在小說內要說什麼話？帶出什麼訊息？卻不是教出來的，這涉及作者本人內在的品德和心思、如何掌握人情道理的分寸，甚至涉及作者的做人態度。一位優秀的作家，靠的不只是文字，還有內在的、他本人的識見修養與深度。

〈禿鶴〉收結的處理，把人情道理拿捏得很透。那些淚水與哭聲，代表禿鶴的內心壓力得到釋放，也代表他明白自己又跨過了一道成長的門檻。禿鶴的哭與淚，是百感交集，也是得到成長、得到救贖下的感動之哭，一點都不悲。

中國首位諾貝爾文學獎得主

莫言

(1955 -)

　　本名管謨業，山東高密人，現為北京師範大學教授。莫言的文學作品以風格獨特、語言犀利、想像狂放見稱。1997 年以長篇小説《豐乳肥臀》奪得「大家文學獎」，2011 年創作的長篇小説《蛙》獲得第八屆茅盾文學獎。2012 年因其「以幻覺現實主義融合了民間故事、歷史與當代」而獲得諾貝爾文學獎，成為首位獲得該獎的中國籍作家。他的作品被翻譯成英語、法語、西班牙語、德語、瑞典語、俄語、日語等多種語言。

大師級作家以人寫史

當前，我們要出版一本書，已沒有技術上的困難。甚至小眾出版社可以為個別人作少數量的出版印刷。如果出過書就是作家，現在做作家易如反掌。更何況如不想災梨禍棗，可以網上發表。後現代的今天，出過書、在網上貼過作品，已不一定是文學藝術家。然而，總會有真正的大作家的。莫言肯定是其中一位。莫言、韓少功等大作家，成名二十多年了，至今仍佳作連連。

莫言很厚，近年的《生死疲勞》、《蛙》是用文學之筆、人文角度去寫史。難得的是，即使小說內的人物與時代相呼應，卻沒有被典型化，各色人物在莫言筆下活靈活現，立體飽滿。這就是莫言的高度。有同等高度的另一位作家是韓少功。莫言擅長寫農村鄉鎮，而韓少功則善於寫城市人、知識份子。多讀兩位作家的小說，會對當代中國的狀況有人性化及更立體深刻的了解。

莫言的長篇小說《蛙》，以計劃生育、一孩政策為題材。小說以莫言真正的姑姑為藍本。小說內的姑姑叫萬心，是個鄉村婦科醫生，負責抓超生。萬心面對了農村鄉鎮最複雜的現實，例如，政策本身挑戰了重男輕女的舊觀念。當年人民生活條件

不佳，人口多，但物資不足，……凡此種種，構成了姑姑與基層人民糾纏不清的恩怨情仇。

看優秀的寫實小說可側面知國情。《蛙》的時間跨度很大。當中 1960 年代的人口情況，小說有以下描述：

> 1961 年春天，姑姑……重回公社衛生院婦產科工作。但那兩年，公社四十多個村莊，沒有一個嬰兒出生。原因嘛，自然是飢餓，女人們沒了例假（按：指經期），男人們成了太監。

中國於 1958、1959 至 1961 年間，有三年多的大饑荒。

> 1962 年秋季，高密東北鄉三萬畝地瓜獲得了空前的大豐收。跟我們鬧了三年別扭、幾乎是顆粒無收的土地，又恢復了它的寬厚仁慈、慷慨奉獻的本性。
>
> ……
>
> 1963 年初冬，高密東北鄉迎來了建國之後的第一個生育高峰期，這一年，僅我們公社，五十二個村莊，就降生了二千八百六十八名嬰兒。這一批小孩，被姑姑命名為「地瓜小孩」。

「地瓜小孩」的年代是大饑荒後出生人口的高峰期，政府也鼓勵生育。可是，在中國龐大的人口基數下，如果大家齊心辦事，勁往一處使，通常會出現問題。

> 1965 年底，急劇增長的人口，讓上頭感到了壓力。新中國

成立後的第一個計劃生育高潮掀了起來。政府提出口號：一個不少，兩個正好，三個多了。

而生育人口之難以控制，跟重男輕女觀念有關。

> 這時，我的同學王肝和陳鼻跑來。⋯⋯
>
> 我母親罵道：你這個熊孩子，走路怎麼不長眼呢？⋯⋯
>
> 王肝，你妹妹怎麼樣？姑姑問，長高了點沒有？
>
> 還那樣⋯⋯王肝說。
>
> 回去告訴你爺，姑姑咽下一口餅，掏出手帕抹抹嘴，說，無論如何，你娘不能再生了，再生她的子宮就拖到地上了。
>
> 別對他們說這些婦道的事。母親說。
>
> 怕什麼？姑姑道，就是要讓他們知道，女人有多麼不容易！這村裏的婦女，一半患有子宮下垂，一半患有炎症。王肝他娘的子宮脫出陰道，像個爛梨，可王腿還想要個兒子！⋯⋯

超生可以用宣傳教育來改善嗎？下文告訴你。

三個像水蛭一樣的女孩

掌管計劃生育之難，難在教化，講道理的過程困難重重。

儘管姑姑不遺餘力地狠抓計劃生育，但收效甚微，老鄉們根本不接茬。縣劇團到我們村演出，當那女主角在台上高唱：時代不同了 —— 男女都一樣 —— 時，王肝的爺王腿在台下高聲叫罵：放屁！都一樣？誰敢說都一樣？！ —— 台下群眾群起響應，胡吵鬧，亂嚷叫。磚頭瓦片，齊齊地扔到台上。演員抱頭鼠竄。

另一家張拳，也因前三胎都是女娃，死活也要生下去。張拳甚至以米已成炊來逼有關方面格外開恩。可是，按規定想超生也沒敢超生的人，會期待公平執法。總之，有人同情，也有人期望要嚴肅執行國家政策。計劃生育執行之難，由故事片段可見。

饒了俺娘吧 —— 俺娘有嚴重的風濕性心臟病 —— 一做人流 —— 非死不可 —— 俺娘一死，俺們就成了沒娘的孩子啦 —— 姑姑說，張拳導演的苦肉計效果很好，圍觀的女人們，有許多流了眼淚。當然也有許多不服氣的。那些生了二胎就被放環的、那些生了三胎就被結紮的，都為張拳家懷了四胎而憤憤不平。姑姑

說，一碗水必須端平，如果讓張拳家的第四胎生出來，我會被那些老娘們活剝了皮！如果讓張拳家得逞，紅旗落地事小，計劃生育工作無法進行是大事。

張拳三個女娃護母的一段很生動。

> 姑姑直視着張拳那張猙獰的臉，一步步逼近。那三個女孩哭叫着撲上來，嘴裏都是髒話，兩個小的，每人抱住姑姑一條腿；那個大的，用腦袋碰撞姑姑的肚子。姑姑掙扎着，但那三個女孩像水蛭一樣附在她的身上。姑姑感到膝蓋一陣刺痛，知道是被那女孩咬了。肚子又被撞了一頭，姑姑朝後跌倒，仰面朝天。
>
> ……（按：萬主任被張拳打了一棒）一圈繃帶，又一圈繃帶。血從繃帶裏滲出。又一圈繃帶。姑姑頭暈耳鳴，眼冒金星星，視物皆血紅。所有的人臉都像公雞冠子一樣，連樹都是紅的，像一團團扭曲向上的火焰。……

整段文字描寫形神俱到。政策之執行，成了人與人，人與傳統觀念的肉搏戰。

> 好！姑姑說，算你有種！姑姑指着自己的頭，說，往這裏打！打呀！姑姑往前跳了兩步，高聲叫道，我萬心，今天也豁出這條命了！想當年，小日本用刺刀逼着我，姑奶奶都沒怕，今天還怕你不成？
>
> 張金牙上前，操了張拳一把，道：還不給萬主任道歉！

我不用他道歉！姑姑說，計劃生育是國家大事，人口不控制，糧食不夠吃，衣服不夠穿，教育搞不好，人口品質難提高，國家難富強。我萬心為國家的計劃生育事業，獻出這條命，也是值得的。

……張金牙踢了張拳一腳，道：跪下，給萬主任賠罪！

不必！姑姑說，張拳，就憑你打我這一棍，可以判你三年！但我不跟你一般見識，願意放你一馬。現在，擺在你面前有兩條路，一條是，讓你老婆乖乖地跟我們走，去衛生院，做人流，我親自上台給她做，保她安全；一條是，送你去公安局，按罪論處；你老婆願意跟我去最好，不願意去——姑姑指指張金牙和眾民兵——你們負責把她弄去！

張拳蹲在地上，雙手抱着頭，嗚嗚地哭着說：我張拳，三代單傳，到了我這一代，難道非絕了不可？老天爺，你睜睜眼吧……

如想改善寫作能力，莫言這類有寫實能力的作家的作品，非多看不可。對話及動態怎樣可以寫活，只可以多讀多浸淫，沒有捷徑。上面的片段，讓大家看看如何幾筆勾勒，便可把人和事寫活。

萬心姑姑晚婚，丈夫專門捏小人兒泥娃娃。姑姑一生無兒女。小說有以下一句：「我明白，姑姑是將她引流過的那些嬰兒，通過姑夫的手，一一再現出來。」莫言，以人寫史。

褬子上尿浸出來的世界地圖

莫言的長篇小說《生死疲勞》是他以人寫史的力作。這大部頭足足有一寸厚，得香港浸會大學第二屆（2007–2008）紅樓夢獎的首獎。

莫言長於寓正於諧，用詼諧的筆觸寫正經事。以下是一例。互助、合作、解放，都是人名。

> 「爹，您怎麼還不睡？」
>
> 「這就睡，」爹說，「你好好睡吧，我去給牛加點草。」
>
> 我起來撒尿——你應該知道我有尿炕的毛病，你做驢、做牛時肯定都看到過院子裏晾曬着我尿濕的被褬。吳秋香只要一看到我娘把褬子抱出來晾曬，就大聲咋呼着叫她的女兒：互助呀，合作呀，快出來看哪，西屋裏解放又在褬子上畫世界地圖啦。於是那兩個黃毛丫頭就跑到褬子前，用木棍指點着褬子上的尿痕：這是亞洲，這是非洲，這是拉丁美洲，這是大西洋，這是印度洋……巨大的恥辱使我恨不得鑽入地中永不出來，也使我恨不得一把火把那褬子燒掉。如果這情景被洪泰岳看見，他就會對我說：解放爺們，你這褬子，可以蒙在頭上去端鬼子的炮樓，子彈打不透，炸彈皮子崩上也要拐彎！——往日的恥辱不可再提，幸運的是，自從跟着爹鬧了單幹之後，尿炕的毛病竟然不治自癒，

這也是我擁護單幹反對集體的重要原因。

以上地圖一筆是想像奔放的卡通化筆法。這搞笑的筆鋒，至「巨大的恥辱」一句轉回真實人間——長大了仍尿床是病。這一開一闔，有放有收，文字不會詼諧到底，不是淺薄的「搞笑化」。而堅持做單幹戶，在公社時期等於反集團制，要頂住很多壓力。莫言用「自從跟着爹鬧了單幹之後」解放就不再尿炕來寫堅持單幹，是化重為輕的戲謔之筆。這一筆之運用，是小說仍未到需要沉重的關鍵處時，便先以輕馭重，讓故事慢慢、輕鬆地開展。

能把小說寫好，識字多，以及對細節敏感，是基本條件。以下是解放爸單幹後的耕田片段。

爹沒有鞭，只是輕輕地說了一句，我們的牛，就猛地往前衝去。犁鏵與土地產生的阻力拖了牠一下。爹說：

「緩着勁，慢慢來。」

我們的牛很着急，牠邁開大步，渾身的肌腱都在發力，木犁顫抖着，大片大片的泥土，閃爍着明亮的截面，翻到一邊去。爹不時地搖提着木犁的把手，以此減少阻力。爹是長工出身，犁地技術高明，但奇怪的是我們的牛，牠可是第一次幹活啊，牠的動作儘管還有些莽撞，牠的呼吸儘管還沒調理順暢，但牠走得筆直，根本不需我爹指揮。儘管我家是一頭牛拉一犁，生產隊是兩頭牛拉一犁，但我們的犁很快就超越了生產大隊的頭犁。我很驕

傲，壓抑不住地興奮。我跑前跑後，恍惚覺得我家的牛與犁是一條鼓滿風帆的船，而翻開的泥土就是波浪。

以上片段極之優秀，犁地的質感躍然紙上。牛的肌腱發力傳導到木犁之上，解放爸配合着搖木犁把手去轉移力度及卸力，一切寫來專業在行。寫實小說之難寫，在於作者識字要多，生活經驗及資料搜集要足夠。

莫言的美感敏銳度很高。藍解放是藍臉與迎春之子。上述片段描寫解放父子晚上犁地，被翻開的泥土有「閃爍着明亮的截面」，是因為新翻泥土有水分。泥地被翻起，在莫言眼中是「我家的牛與犁是一條鼓滿風帆的船，而翻開的泥土就是波浪」，整個形象塑造得很美。將乾的泥地以水（波浪）來寫，近似新詩常用的「通感」手法：做法是以相反的物質來打比喻，令被描寫的事物翻出新鮮感。

紅成墨綠色的油漆

莫言《生死疲勞》內有很多令人震撼的描寫,例如上文提及的藍臉的那隻牛,結果壯烈犧牲了。牛死的一幕,慘烈得令人難以釋懷。因此,說莫言莊諧並重,是因為小說內不會只得戲謔詼諧一路。反之,就《生死疲勞》而言,小說內有不少重量級的壓卷情節及場景。

以下引文中的西門寶鳳與西門金龍,是西門鬧與二姨太太迎春所生的子女。解放後西門鬧已死,迎春改嫁藍臉。藍臉如上文所說堅持單幹,不加入公社行集體制。某次,藍臉又因是否繼續單幹的爭拗與紅衛兵發生語言衝突。藍臉的臉,被紅衛兵用紅油漆塗了厚厚的一層,連牙也染紅了。藍臉睫毛上的油漆流進眼眶,兩眼刺痛得像針扎,睜不開來,還辛苦得遍地打滾。此時,金龍已加入紅衛兵,掃油漆一事不是他親手幹的,但他有份參與及看着整件事發生。迎春使人叫「赤腳醫生」的寶鳳來救藍臉。且讀以下片段:

> 我姐衝進院子,如同救星從九天降落。我娘說:他爹,你老實吧,寶鳳來了。寶鳳,救救你爹,別讓他的眼瞎了,你爹只是個倔脾氣,不是壞人,待你們兄妹不薄啊……天雖然還沒完全黑透,但院子裏那些紅和爹臉上那些紅都變成墨綠。院子裏一

股濃烈的油漆氣味。姐喘着粗氣說：快拿水來！娘跑回家，端出一瓢水。姐說：這哪裏夠！要水，愈多愈好！姐接過水瓢，瞄準爹的臉，說：爹，你閉眼！爹其實一直緊閉着眼，想睜也睜不開了。姐將那瓢水潑到爹的臉上。水！水！水！姐姐大聲吼叫着，聲音嘶啞，猶如母狼。溫存的姐姐，竟能發出這樣的聲嗓，讓我吃驚非淺。娘從屋子裏提着一桶水出來，腳步趔趔趄趄。黃瞳的老婆秋香，這個唯恐天下不亂、希望所有的人都得怪症候的女人，竟然也從自家提出來一桶水。院子裏更黑了。黑影裏我姐發令：用水潑他的臉！一瓢瓢的水，潑到我爹的臉上，發出響亮的聲音。拿燈來！我姐命令。我娘跑回屋子，端着一盞小煤油燈，用手護着火苗，走得小心，火苗跳動顫動，一股小風吹過，滅了。我娘一腳踩空，趴在地上。小煤油燈一定被扔出去好遠，我嗅到從那個牆角處散漫開的煤油氣味。我聽到西門金龍低聲命令他的嘍囉：去，把汽燈點起來。

上面不到五百字的場面，被莫言寫得氣氛緊湊。片段中的張力，讀之讓人透不過氣來。能有此效果，文字描寫及對話有節奏感是原因之一。且看當中一些命令式的短語——「快拿水來！」「要水，愈多愈好！」「水！水！水！」姐姐大聲吼叫着。還有，上善若水的水，給描繪出彷彿是硬物的聲音來，例如，黑影中寶鳳發號施令，將水對準藍臉的臉潑過去，「一瓢瓢的水，潑到我爹的臉上，發出響亮的聲音」。

莫言對顏色的感覺也獨特，在全黑的農村夜晚，「院子裏那

些紅和爹臉上那些紅都變成墨綠」，有黏稠度的油漆，在黑夜裏特殊的折射下，紅色成了墨綠。

　　讀一次《生死疲勞》的文字描寫，就明白為何莫言夠分量去拿國際性的文學大獎。

中國新時期文學代表作家

韓少功

(1953 -)

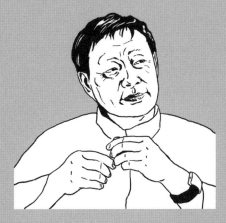

　　湖南長沙人，中國著名作家。作品主要以其於「文革」時經歷
為素材，曾多次獲得中國和外國的獎項。著有小說《月蘭》、《誘
惑》、《爸爸爸》、《馬橋詞典》、《暗示》、《報告政府》、《日夜書》等；
散文集包括《面對神秘而空闊的世界》、《聖戰與遊戲》、《心想》、《靈
魂的聲音》、《完美的假定》，《山南水北 —— 八溪峒筆記》等；另有
翻譯作品《生命中不能承受之輕》、《惶然錄》。他被視為文化大革
命結束之後，自 1980 年代中期起盛行於中國文壇的「知青文學」、
「尋根文學」等文學創作類型的代表性作家。

二 屁聲四起為紅薯

小說家韓少功以長篇小說《馬橋詞典》享譽國際。他曾停寫小說，《日夜書》是停小說之筆十年後的傑作。小說是知青一代的精神史，由六十年代開始說起，寫幾個下鄉知青數十年間的人生發展以及恩怨情仇。透過他們起起跌跌的人生，折射出中國社會轉型中的各種面貌。

這批知青，後來有的當了官，也有人成為工人、民營企業家、藝術家、海外流亡者等等。

小說既然由六十年代寫起，免不了寫飢餓，這是當代中國小說篇章內必然出現的題材，不同作家有不同演繹。以下，看韓少功如何發揮，以及欣賞他如何用看似平凡的敘事文字，把「餓」這個概念透過生活化的場面呈現出來。

> 當時白馬湖茶場有八千多畝旱土，分別劃給了四個工區共八個隊。在缺少金屬機械和柴油的情況下，兩頭不見天，摸黑出工和摸黑收工是這裏的常態。墾荒、耕耘、除草、下肥、收割、排漬、焚燒秸稈等，都靠肢體完成，都意味一個體力透支的過程。……
>
> ……（按：指下班後）人們晃晃悠悠，找不到輕重，都像一管擠空了的牙膏皮，肚皮緊貼背脊，喉管裏早已伸出手來。男人

們吃飯簡直不是吃，差不多是搬掉腦袋，把飯菜往裏面嘩啦一倒，再把腦袋裝上，互相看一下，什麼也沒發生。沒把瓦缽和筷子一併倒進肚子裏去，就已經是很不錯了。

……當時糧食平均畝產也就三四百斤，……男人每頓五兩，女人每頓四兩，如此定量顯然只能填塞肚子的小小角落。如果沒有家裏的補貼，又找不到芋頭、蠶豆一類雜糧，地木耳、馬齒莧一類野食，就只能盼望紅薯了。……唯一的問題，是紅薯生氣，於是腸胃運動很多，紅薯收穫季節裏總是屁聲四起，類似偷偷摸摸的宣敘調或急急風，不時攪亂大家的表情。一場嚴肅的政治批判會上，應該如期出現的憤怒或深刻，常被一些弧線音或斷續音瓦解成哄堂大笑。有經驗的主持人從此明白，在紅薯收穫季節裏不宜聚眾（比如開會），不宜激動（比如喊口號），階級鬥爭還是少搞點好。

……知青們談得最多的是以往的味覺經驗，包括紅衛兵大串聯時見識過的各地美食。關於「什麼時候最幸福」的心得共識，肯定不是什麼大雪天躲在被窩裏，不是什麼內急時搶到了廁位，而是餓得眼珠子發綠時一口咬個豬肘子。

操！吃了那一口，捱槍斃也值呵。

讀書明事理，讀寫實小說知歷史、知人情。明白五、六十年代中國人窮過餓過，甚至經歷三年大饑荒，就會諒解改革開放後部分先富起來的人，為何炫吃。由炫吃到追求吃得健康是個過程，今天中國大陸部分城市化的中產階層，就進階至追求

吃得健康。也有「光盤行動」，教育人要惜食，不要浪費食物。

上面長篇引文所示，是初步缺糧的境況，之後情況日漸惡化嚴峻。韓少功有以下寫飢腸轆轆的幾筆，「人們晃晃悠悠，找不到輕重，都像一管擠空了的牙膏皮，肚皮緊貼背脊，喉管裏早已伸出手來。」你能把肚皮貼背脊嗎？當然不是真能，是感覺，就看你肚皮脂肪有多厚。

人們餓了，吃紅薯最頂肚。但吃紅薯令人尷尬。屁的聲音，沒想過可以這樣描述：「一些弧線音或斷續音」。作家觀察力敏銳、文字功力好，於此可見。屁多，於是會議不用開，口號不用喊；一如介紹莫言時指出，這是以輕馭重，是最常用的筆法，關鍵是你有沒有能力寫好。

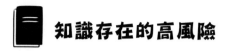

知識存在的高風險

　　知青下鄉，除了寫他們餓，還得寫最能突顯他們身份的——知青的文鬥，鬥口齒。《日夜書》第十五節有片段寫他們如何因討論知識弄到面紅耳熱。

　　伙伴們後來才發現，也許是相互期望值太高，親密者其實最容易成為冤家仇寇。他們剛才不過是一個有關俄國電影的細節解讀沒談攏，就無不痛感失望，怒不可遏，忍不住噴血相罵——知識的高風險由此可見。

接下去寫讀書人的執着：

　　讀書是好事嗎？當然是。但讀書人之間的互相認同，一不小心就在相互挑剔、相互質疑、相互教導之下土崩瓦解，甚至在知識重載之下情緒翻車，翻出一堆有關智商和品德的惡語。

文人相輕四個字，韓少功用八十字來將它文學化。

文人對話、討論、鬥口齒，韓少功以打牌為喻。一輪就電影、小說的來回過招後，且看角力如何繼續：

　　這種對話像打牌，各方都決心壓對方一頭，四連炸，同花順，一個個都爭相拍出大牌。對方讀過的書，那就沒什麼好談

了，沒讀過的才應該成為話題，才是缺口、軟肋以及決戰機會，必須一舉發現，狠狠抓住，窮追猛打，打得對方暈頭轉向。相比之下，關於辯證法、輝格黨、漢代土地制度一類辯題，是一些難分高下的死局，說起來比較費事，聰明人最好不去那裏糾纏。可以想像，如果他們還懂一點英文或法文，那麼各種版本都掄上來秀一把和攪一把，正事就更沒法談了。

以上引例的獨特之處，是把抽象、捉不到、看不見、文人言語間的角力，化為可以寫出來的實體，把讀書人的抽象思辯實在化。

如果讀者是順着本書的章節次序去讀，先讀莫言，再讀韓少功，是否已看出兩位作家的分別呢？莫言的文字有鄉土氣，說事直截了當，肢體動態描寫比較多；而韓少功的文字長句較多，一句之內文意輾轉，直接寫人的精神及心思如何運轉，把抽象思維實在地呈現出來。點出兩者的分別，是指出不同風格，不是要分高下。他們兩位都是當代中國小說家中出色的大作家。一位擅長寫鄉土生活，一位擅長寫城市人，是閱讀當代中國小說不宜錯過的雙傑。

上述引文未完，上文以知識鬥口齒打個平手，於是接下去他們以其他事來再鬥一輪：

空氣中已隱隱瀰漫敵意。大概是在知識攻防上打平，擂台爭雄難有結果，於是雙方的比拚轉向更加奇怪的科目：你犁過

田？你做過瓦？你燒過磚？你炸過石頭？你下過禾種？你閹過豬？你車過水？你會打連枷？你會打土車？你遭遇過雷擊？你一次能挑多重的穀？你打死過銀環蛇和貓頭蛇？你知道「趕肉」與「煉山」是什麼意思？你那棉襖上的補丁有我的多？……如此唇槍舌劍，相當於誇富和炫寶的顛倒版，同樣是一種挑釁，一種進犯，一種排行榜競爭，一種爭面子和搶風頭的往死裏打，一種革命和更革命之間的不共戴天，一種英雄和更英雄之間的水火不容。

知青鬥口齒，鬥完知識鬥生活。多個問號連珠炮發，表現了論辯的氣勢，也呈現了下鄉的生活內容。有多少個問號就有多少樣生活。韓少功以此寫「知青」「下鄉」，立意巧妙。

思考型的女權份子

　　韓少功能寫現代人，而且是知識份子，用字有當代感，會引一些術語建構敘述上的書卷氣。以上是跟莫言不一樣的文字風格，而兩位作家的相同之處，是文字在莊諧之間不失言之有物的深度。

　　《日夜書》第二十七章寫一位思考型的女權份子蔡海倫。蔡海倫是個讀書成癖的才女。外貌談不上漂亮，大手、大腳、大鼻子、大嘴巴、大門牙。

> 　　這件事的結局可能也讓海倫很受傷（按：指馬濤不愛她）。回城後，一別多年沒有消息。我再見到她時，發現她依舊單身，寬大飽滿的額頭上仍是短髮，但比以前更垮一些，有點大娘模樣。她已當上教授了，背一個小女孩常用的熊貓雙肩包，倒有點馬戲團的味道。架上深度近視眼鏡，思考是偶爾挑一支香菸，又有一種理科男的深刻風度。……

　　「大娘模樣」即是「大媽」、嬸嬸阿姨的模樣；這個模樣有多討好，不言而喻。以上寫外觀，以下寫談吐：

> 　　也許是長期專心授課，她說話有一個習慣，幾乎每一句都有重複，不是重複關鍵字，就是重複後半句，似乎眼前有一群學生在緊張筆記，她重複一下可讓大家跟得上，聽得清，記得準，知識點傳授無誤。但這樣說成了習慣，就成了舌頭自帶回聲，一

個人包辦兩步輪唱，不無嘈雜喧嘩之感。比如勸母親吃藥時，她的開導就成了這樣：「……你不吃藥是不對的，不對的。這是對自己的身體不負責任，不負責任。這種丸子是眼下降血壓藥物副作用最少的，副作用最少的……」

第一次讀「但這樣說成了習慣，就成了舌頭自帶回聲，一個人包辦兩步輪唱」一句時忍不住笑出來了。能這樣寫，先要想得出這比喻，其次是要有兩步輪唱這種認知。對於後者，已不是文字技術而已，是對知識常識的儲備夠不夠多。韓少功以知識來寫知識份子，把這種人物類型寫活。

　　她也曾與母親深入文談，但每次都不歡而散。母親還是希望她放下那個姓馬的，另找一個男人，不能像個遊魂和野人，不能像個沒有鍋的鍋蓋。這天下不是只有姓馬的一個吧？……她立即糾正母親的大男子主義，說女人不是鍋蓋，男人不是鍋。有一本西方著名的理論《第二性》是這樣說的，這樣說的，這樣說的……母親不懂西方的這一性那一性，氣得一閉眼，摔東打西的，後來索性冒雨出門，下坡時勇敢地摔一跤，摔斷了右手兩根骨頭，大概是想用骨折事件一舉擊破女兒的「第二性」，粉碎教授的各種混帳話。
　　但女權是海倫不可放棄的原則。……

將知識（西方女權理論《第二性》）融入所寫人物或事情的細節內，是韓少功寫城市人、知識份子的慣用手法。人物及小說文字的書卷氣、讀書人味道由此而來。

王安憶

海內外享負聲譽的華語女作家

(1954 -)

生於南京市，中國當代女作家。其小說多以平凡的小人物為主
角，寫出他們不平凡的經歷與情感生活，作品被譯成英、德、荷、
法、捷、日、韓、希伯來文等多種文字。著有長篇小說《長恨歌》、
《妹頭》、《啟蒙時代》等；中篇小說《荒山之戀》、《小城之戀》、《錦
繡谷之戀》、《我愛比爾》、《海上繁華夢》等；短篇小說集《隱居的
時代》、《憂傷的年代》、《剃度》等；散文隨筆《蒲公英》、《旅德的
故事》、《劍橋的星空》等。2000 年以《長恨歌》獲得第五屆茅盾文
學獎。

讓你以後更懂得愛的愛情小說

對平日不看當代中國小說的人來說,令他認識一部小說,很多時是靠電影改編。王安憶的長篇小說《長恨歌》被香港導演關錦鵬改編為電影,鄭秀文主演,於是《長恨歌》對不讀當代中國小說的人來說,都會聽過這部小說的名字。

比起《長恨歌》(2003 年出版),我認為《處女蛋》(1998 年出版)更吸引。《處女蛋》後來改名《我愛比爾》(2000 年出版)。

前文介紹的莫言、韓少功,跟王安憶都緊扣時代背景去寫小說;呈現了寫實大背景之同時,生活在上面的人物都很立體。讀者絕對可以對大時代、大背景一無所知,卻把小說讀得津津有味,因為幾位大作家都能把小說主要人物的性格、人情吃得很透澈,恍如真有其人。

像《我愛比爾》,有人視之為女性主義小說,扣上女權理論來解讀。當然可以的。只是,好小說可以剝離理論化的文評工具,只需專心認真地讀一次,一定會有收穫。《我愛比爾》可以當作是愛情小說來讀。因為小說內涵夠豐富,不同人讀會有不同的收穫。當中主角人物阿三淪為暗娼的全過程,王安憶筆觸細膩,把阿三介乎愛情與賣淫之間的淪落,寫得有血有肉。

阿三是個美術系女大學生，學畫畫。她的初戀男友比爾是美國駐華文化小官員。求學期間，阿三因為堅持要跟比爾在一起，又走堂又做兼職，令她最終被大學開除。阿三使出各種女性的法寶留住比爾，以為可以開花結果。比爾卻以「不允許和共產主義的女孩子戀愛」為由甩了阿三。分手後，阿三又跟法國人馬丁轟轟烈烈地愛了一場，甚至想過跟馬丁去法國。可是馬丁也以「我從來沒有想過和一個中國女孩子在一起生活」、「這對我來說不可能」為由，又一次散了。

這時的阿三先是進出領事館大型酒會，之後到酒店遛大堂等奇遇，在美國專家、各色美國人、加拿大人，甚至日本人之間周旋。此時的阿三，已半隻腳踩入暗娼界線之內。阿三最後一次以為自己被愛的對象是個比利時人，卻原來是有女朋友的。發生關係兩個星期後，比利時人的女友來華，一段感情又散了。而阿三的悲劇由離開比利時人家中的一刻開始……。以上，是小說的前三分之二。

馬丁甩了阿三之後，阿三過了一陣子的酒店大堂生活。且看王安憶如何描寫大堂暗娼：

> 酒店大堂就這樣向阿三揭開了神秘的帷幕。……
>
> 阿三能夠辨別出那些女孩了。要說，她和她們都是在尋求機會，可卻正是她們，最嚴重地傷害了阿三，使她深感受到打擊。她從不以為她們與她是一樣的人，可是拗不過人們的眼光，到底把她們劃為一類。有一回，她坐在某大堂的一角，等她的新

朋友。大堂的清潔工，一個三十來歲表情呆板的女人，埋頭擦拭着窗台，茶几，沙發腿。擦拭到阿三身邊時，忽然抬起頭，露出笑容，對她說：兩個小姑娘搶一個外國人，吵起來了。阿三朝着她示意的方向，見另一頭沙發上，果然有兩個女孩，夾着一個中東地區模樣的男人，擠坐在兩人座上。雖然沒有聲音，也看不見她們的臉，可那身影確有股劍拔弩張的意思。阿三回過頭，清潔工已經離開，向別的地方擦拭去了，阿三想起她方才的表情和口氣，又想她為什麼要與她說這個，似乎認為她是能夠懂得這一些的，心裏頓時反感。再看那女人蠢笨的背影，便感到一陣厭惡。

阿三自我感覺不是暗娼，彼此不是同類人，並以「那些女子」為恥。王安憶不動聲色地描寫「那些女子」，以及清潔工在大堂打掃。「那些女子」、清潔工、阿三，彷彿是不相干的三種角色，直至一句「又想她為什麼要與她說這個」，三種人立即產生化學作用。清潔工是一條線（用的是視線），把「那些女子」與阿三倏地連繫起來。作家就用那麼的一句，點撥了整個場景描寫的意義。厲害。

沉淪，是條不歸路

　　阿三認為她不是大堂娼妓的同類。可是，真能劃清界線嗎？

　　引文中的「朋友」就是阿三的外國霧水情人。「他的同事或老鄉」都是外國人。

　　　是這些女孩污染了大堂的景象，也污染了大堂裏邂逅的關係，並且，將污水潑到了阿三身上，有時候，她的朋友會帶着他的同事或老鄉來，他們會去搭識那些女孩，然後，各攜一個聚攏在一起。阿三為了表示與她們的區別，就以主人的姿態為她們做翻譯，請她們點飲料。可是她也能看出，她與這些女孩，所受到的熱情與歡迎是一樣的。她想與她的朋友表現得更為默契一些，比如從他煙盒裏拿煙抽。結果那兩個女孩也跟着去拿，他呢，很樂意地看着她們拿。這樣的時候，阿三是感到深深的屈辱，她幾乎很難保持住鎮靜。到了最後，她總是陡然地冷淡下來，與女孩們之間，豎起了敵意的隔閡。

　　阿三要跟「那些女孩」劃清界線，一開始是心理上自以為清者自清——讀者知道是自欺欺人。阿三的下一步是用行動來試圖區分你我，比如從她的洋人男朋友的煙盒內拿煙抽。這是

阿三想劃清界線的第二步。結果，大敗而回，因為她的洋人男友一視同仁。阿三的心理轉入第三步變化，認為她們使自己丟臉（「與女孩們之間，豎起了敵意的隔閡」）。學習欣賞小說人物寫法的朋友且注意 —— 明明是同類卻要劃清界線這感情掙扎本身，正正是小說人物阿三最複雜、最隱藏的心理掙扎。在現實生活中，阿三會不知道自己在沉淪嗎？當然知道。劃清界線，像個遇溺者在大海上的最後掙扎。

王安憶的筆觸，細緻到彷彿是鑽進了阿三（女性）的心底裏。小說中的阿三，活靈活現得如真有其人。

大堂經歷的挫折，沒有令阿三奮力自拔。一切，是不歸路。

雖然大堂裏的經歷帶給阿三挫敗感，與這些外國人頻繁建立又頻繁破滅的親密關係，磨蝕着她的信心，她甚至已經忘了期望什麼。可是有一椿事情是清楚了，那就是她缺不了這些外國人，她知道他們有這樣或那樣的缺點，可她還是喜歡他們，他們使得一切改變了模樣，他們使阿三也改變了模樣。

現在，當阿三很難得地呆在自己那房子裏，看見自己的畫和簡陋的家具積滿了灰塵和蛛網，廚房裏堆積着垃圾，速食麵的塑膠袋，飄得滿地都是，這裏有着一種特別合乎她心境的東西，卻是使她害怕，她不想呆在房子裏，於是她不得不從這裏逃出去。她一逃就逃到酒店的大堂：外國人、外國語、燈光、燭光、玻璃器皿、瓶裏的玫瑰花，積起一道帷幕，遮住了她自己。似乎是，有些東西，比如外國人，愈是看不明白，才愈是給予人希

望。這是合乎希望的那種朦朧不確定的特徵。

　　為了減少回自己的房子，阿三更多地在外過夜。她跟隨外國人走過走廊，地毯吞沒了他們的腳步聲，然後在門把手上掛着「請勿打擾」，就悄然關上了房門。她在客房的冰箱裏拿飲料喝，沖涼，將浴巾攔過身軀繫在胸前，盤腿在床上看閉路電視的國際新聞，一邊回答着浴室裏傳來的問話。這一切都已熟悉得好像回了家。……

　　小說導賞不會只得固定的幾種方法，不同作家有不同特點，分析他們作品的方法也不一樣。對王安憶而言，像上面一段引文，要看的不是顏色運用、打比喻等，而是留意作者如心理學家地解讀小說人物的內心變化。王安憶對女性心理的描寫，纖細、溫婉，又合乎情理。

　　《我愛比爾》第九章很關鍵也很精彩，張力大。這一章她遇上比利時男人，是她的最後一搏。之後，因緣際會，命運在此急墜至谷底。阿三被拘捕，被發去勞教所。

二 處女蛋

　　阿三被比利時男友告知真女友訪華而要分手後，「沒有表示絲毫的不滿」，彷彿是她早就知道的結局般，「很友好地在馬路上分了手」。之後阿三叫了一輛出租車，下意識報了一家酒店的名字，並在酒店咖啡座內主動向三名英俊的英國青年搭訕賣俏。結果被其中有酒意的一人纏上了，另外兩位則有點反感。這情節寫來不動聲色，其實是山雨欲來，王安憶把小說的張力把握得很好。有酒意的一位捉住阿三不放手，要一同上酒店房間，但另兩位看在眼裏心生厭惡；糾纏拉扯間，最不幸的事情發生了──感厭惡的兩位情急之下叫了警察。

　　阿三確是早便淪為暗娼，可是被捕的那一次，她是被甩後茫然若失，去熱鬧又熟悉的地方療傷；「那一次」她的原意未必是想賣淫。命運陰差陽錯，阿三卻在「那一次」被拘捕，令她被屈為暗娼的自我感覺有所依據。然而，讀者旁觀阿三搭訕的過程，會知道是她「克敵制勝」、已內化的以色媚洋人的條件反射害苦了她自己。最初三個英國男孩對她並無好感。是阿三主動坐下去，並試圖攫住眾男子的注意。

　　……阿三誇獎他。他笑了，像個大孩子似的。阿三很憐愛地看着他，說：「你使我想起我的男朋友，他的名字叫比爾。」

於是她就對他們說起比爾。他們三個都認真聽着,並不插話。她說着,暗底下用裸着的膝蓋抵了抵艾克的膝蓋,艾克先是一縮,然後又停住了。比爾,他非常溫柔,阿三最後結束道。

……艾克喝的是啤酒,啤酒也漸漸地上來勁了。他不顧那兩個年長同伴的阻止的目光,漸漸對阿三糾纏起來。可因為他是那麼醜陋,他的糾纏便是膽怯的,遲疑的,抱着些慚愧的,他紅着臉,眼睛濕潤着,老要讓阿三喝他杯裏的啤酒。……阿三不說喝,也不說不喝,與他周旋着,眼看着嘴唇含住啤酒杯沿了,可她頭一扭,又不喝了,艾克再止不住滿臉的笑意。好幾次,阿三的頭髮撫在他脖子裏,他的激動就增加一成。

就是阿三一手惹來的禍,令她的命運走下坡路。阿三總是若無其事般對待遇上的打擊,在勞教所也彷彿很適應地過了大半年。後來因為同性戀者陽春麵的單戀纏擾,令她在一次反擊中大爆發,把各種積壓一次過發洩出來。她重創了陽春麵,自己絕食六天,半昏迷中被送去醫院打點滴。再回過神來,她又得重返勞教所。主管原諒她,陽春麵繼續單戀、但懂得避開,可是一切並未回到從前。自那次歇斯底里的發洩後,阿三好像醒了般「知痛」。她接受不了仍要在勞教所生活一年多的事實。終於,在陽春麵的幫忙下,阿三逃走。故事以她在村舍屋後,雨中瑟縮收結。餓了一整夜,阿三在身旁摸到一隻處女蛋。

……她手撐着地,將身體坐舒服,不料手掌觸到一個光滑

圓潤的東西。低頭一看，是一個雞蛋，一半埋在泥裏。

她輕輕地刨開泥土，將雞蛋挖出來，想這是天賜美餐，生吃了，又解飢又解渴。她珍愛地轉着看這雞蛋，見雞蛋是小而透明的一個，肉色的薄殼看上去那麼脆弱而嬌嫩，殼上染着一抹血跡。

這是一個處女蛋，阿三想，忽然間，她手心裏感覺到一陣溫暖，是那個小母雞的柔軟的純潔的羞澀的體溫。天哪！牠為什麼要把這處女蛋藏起來，藏起來是為了不給誰看的？阿三的心被刺痛了，一些聯想湧上心頭。她將雞蛋握在掌心，埋頭哭了。

母雞在幾百天產蛋週期之中，初產的第一批雞蛋就稱處女蛋，通常被認為質量較好。至於女性人生處女蛋般的初始階段，阿三原初的羞澀、純潔、嬌嫩脆弱，又是如何一點又一點地流失的呢？小說首尾呼應的處女蛋，為讀者找答案提供參考。

茅盾　葉聖陶　柔石　羅淑　施蟄存

茅盾（1896－1981）
現代中國最偉大的共產作家

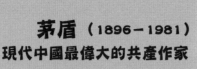

　　原名沈德鴻，字雁冰，筆名有茅盾、玄珠、方璧、止敬、蒲牢、形天等，浙江嘉興桐鄉人，中國現代作家及文學評論家。茅盾於 1928 年發表首部小說《蝕》（《幻滅》、《動搖》、《追求》三部曲）。代表作包括《子夜》、《農村三部曲》（《春蠶》、《秋收》、《殘冬》）、《林家舖子》；學術著作有《西洋文學通論》。

葉聖陶（1894－1988）
中國優秀的語言藝術家

　　原名葉紹鈞，字秉臣，筆名有葉陶、聖陶、桂山等，江蘇蘇州人，現代著名作家、教育家、出版人，終身致力於出版和語文教學。1914 年開始創作文言小說，1918 年第一部白話小說《春宴瑣譚》。他一生創作了大量小說、散文、雜文、詩歌和兒童文學作品，包括《稻草人》、《夜》、《聖陶短篇小說集》、《古代英雄的石像》等；教育類著作有《文心》、《寫作雜談》、《文章講話》。

柔石（1902－1931）
不應被遺忘的中國作家

　　本名趙平福，後改為平復，筆名柔石、金橋、趙璜、劉志清等，浙江寧海人，「左聯五烈士」之一。家境貧寒，十歲才入小學。自杭州第一師範學校畢業，於慈谿普迪小學任教，二十五歲任浙江寧海縣教育局長，改革全縣教育。1928 年避走上海，成為魯迅創辦的《語絲》的編輯。1931 年被國民政府秘密處決。著有短篇小說集《瘋人》、《希望》；中篇小說《三姊妹》、《為奴隸的母親》；長篇小說《舊時代之死》；詩歌《戰》；報告文學《一個偉大的印象》等；譯作有《丹麥短篇小說集》、《頹廢》。

羅淑（1903－1938）
始終關心勞動人民的中國女作家

　　原名羅世彌，四川成都人，曾留學法國，學成歸國，於上海郊區南翔立達學園農村教育科教書，兼任小學部主任。1936 年在巴金、靳以主編的《文季月刊》發表處女作《生人妻》，之後陸續發表小說《橘子》、《劉嫂》、《井工》等。1938 年因產後感染病故。

施蟄存（1905－2003）
中國「新感覺派」主要作家

　　原名施德普，字蟄存，常用筆名施青萍、安華等，浙江杭州人。著名文學家、翻譯家、教育家。其小說注重分析人物心理。著有短篇小說集《上元燈》、《將軍底頭》、《四喜子的生意》；散文集《燈下集》、《沙上的腳跡》、《北山散文集》；詩集《北山樓詩》；編譯《匈牙利短篇小說集》、《波蘭短篇小說集》、《外國文人日記抄》等；學術著作有《唐詩百話》、《宋元詞話》、《唐碑百選》等。

太陽下的破棉襖

　　茅盾的「茅」有草字頭，是茅廬的「茅」，不是矛盾的「矛」。我看過不少粗心大意的同學把它搞亂。而事實上，搞亂了的同學「本質」上是「對」的，要不是有葉聖陶的修改。

　　茅盾本名沈德鴻，字雁冰。茅盾這個筆名起用於小說《幻滅》。《幻滅》是沈雁冰的第一個長篇，投稿《小說月報》，葉聖陶看畢大喜，即時採用。由於沈雁冰用來罵國民黨的筆名大多已曝光，他要起一個新筆名來寫小說。《幻滅》寫的是知識份子在大時代下的幻滅與矛盾，於是就隨手起了個新筆名叫「矛盾」。但是，葉聖陶以矛盾此名太假了，太招惹有關當局注意，怕會引來新聞抽查，於是便在矛上加草字頭，而百家姓中確有姓「茅」的，於是從此就用「茅盾」這名字來寫小說。

　　此次要談的不是《幻滅》，而是他一個只有一萬四千字、介乎中短篇之間的名篇《春蠶》。《春蠶》寫養蠶農民老通寶的故事，情節發展先賣個關子，此處看小說很有吸引力的開筆。

　　老通寶坐在「塘路」邊的一塊石頭上，長旱煙管斜擺在他身邊。「清明」節後的太陽已經很有力量，老通寶背脊上熱烘烘地，像背着一盆火。「塘路」上拉纜的快班船上的紹興人只穿了一件藍布單衫，敞開了大襟，彎着身子拉，額角上黃豆大的汗粒

落到地下。

　　看着人家那樣辛苦的勞動，老通寶覺得身上更加熱了；熱的有點兒發癢。他還穿着那件過冬的破棉襖，他的夾襖還在當舖裏，卻不防才得「清明」邊，天就那麼熱。

　　「真是天也變了！」

　　一個人有多窮呢？從他有沒有捱餓捱凍便知道。熱，一般不是寫人有多窮的材料。茅盾卻從熱、有衣服穿來寫老通寶的窮困。已過了熱得人大汗淋漓的清明，老通寶卻仍披一身冬衣，因為夏天的一件仍在當舖。每個季節，他就只有一件穿出來見人的衣服。

　　你可有聽過民初的另一款窮人故事：男女孩也好，要出門見人的才有褲子穿。那年代，是切切實實的民窮財盡。

二 人與人之間弄不對了

　　《春蠶》發表於 1932 年，之後茅盾又寫了《秋收》、《殘冬》，合成「農村三部曲」。《春蠶》寫養蠶並種些桑葉的農民老通寶一家、以至全村二十多戶人家的境況。

　　小說中的那一年，清明過後，全村都沉浸在養蠶的躁動中，大家都寄予厚望，靠這一年來翻身。而初期整條村戶戶都有好兆頭，於是人們自己不吃不睡也要蠶寶寶糧食不缺。

　　……葉又買來了三十擔（按：全村各戶都是借錢買葉）。第一批的十擔發來時，那些壯健的「寶寶」已經餓了半點鐘了。「寶寶」們尖出了小嘴巴，向左向右亂晃，四大娘看得心酸。葉鋪了上去，立刻蠶房裏充滿着薩薩的響聲，人們說話也不大聽得清。不多一會兒，那些「團區」裏立刻又全見白了，於是又鋪上厚厚的一層葉。人們單是「上葉」也就忙得透不過氣來。……人們把剩餘的精力榨出來拚死命幹。

　　大家就這樣沒命地熬，小蠶吃得飽飽的，人卻南瓜芋艿胡亂一餐，連半飽也談不上。然而，村民卻充滿希望，精神煥發。村中叫荷花的一戶不幸最先敗陣，蠶養不好，大失收，於是大家避瘟神般避她。荷花心生嫉恨，偷走老通寶的蠶花掉進

河裏來破他家旺氣。此事給老通寶的小兒子阿多看見，並把荷花逮住。

「你真心毒呀！我們家和你們可沒有冤仇！」

「沒有麼？有的，有的！我家自管蠶花不好，可並沒害了誰，你們都是好的！你們怎麼把我當作白老虎，遠遠地望見我就別轉了臉？你們不把我當人看待！」

那婦人說着就爬了起來，臉上的神氣比什麼都可怕。阿多瞅着那婦人好半晌，這才說道：「我不打你，走你的罷！」

阿多頭也不回的跑回家去，仍在「蠶房」裏守着。他完全沒有睡意了。他看那些「寶寶」，都是好好的。他並沒想到荷花可恨或可憐，然而他不能忘記荷花那一番話；他覺到人和人中間有什麼地方是永遠弄不對的，可是他不能夠明白想出來是什麼地方，或是為什麼。……

本來同是天涯淪落人，都給窮困煎乾耗盡，苦苦掙扎中，人不自覺地傷害了另一些人。大家猜一猜結果如何呢？結果蠶花豐收，全村各戶卻比從前更加窮困。原因？誘你找小說來一看嘍。

你有留意過碼頭嗎？

定時回望寫過的篇章是我的習慣，二十多篇下來，心想，讀者會否覺得我對現代文學總是「有讚無彈」呢？彷彿前提先行，為肯定而肯定，為唱好而說好。絕對不然。原因是我從中作了篩選。否則，即使以《中國新文學大系》之類的大型選集為基礎，也不見得於今天而言每篇也可用。有些作品於當時很具代表性，今天重讀卻可能未必動人。另有一些作品則方言、當時的俚語太多，倘若整體藝術水平不突出，則今天也不在本書引介重讀。從中倒明白一個寫作上的道理，假如想小說能較長時期地、較廣泛地與讀者交流，廣東話不宜入文。

你也許即時想起多用京片子的老舍。確是個好例子，但大概不可同日而語。老舍對口語、京片子的運用經過處理。此外，你若是看不明白那單獨的一句俚語，會有「非俚語」的文字描寫讓你把小說讀通。再者，老舍小說內的人物寫得很立體，藝術水平高是他屹立文壇的關鍵。詳情談老舍作品時再細說。本書一直主張，小說是小說，什麼主義也好，佳作的基本條件是有內容、有思想深度、有質感，而且文字好。平凡寫手的平凡之作，若高張「實驗」旌旗多用廣東話，只會流於標新立異，用所謂的「本土特色」來勉強保住自己作品的「特殊性」。

在此選介的作品，是經挑選後的佳作，不好的，不在此引介。此次開始介紹葉聖陶。葉聖陶最出名的是長篇小說《倪煥之》，限於篇幅，只淺談他的幾個短篇，先說寫於 1933 年的《多收了三五斗》。

萬盛米行的河埠頭，橫七豎八停泊着鄉村裏出來的敞口船。船裏裝載的是新米，把船身壓得很低。齊着船舷的菜葉和垃圾給白膩的泡沫包圍着，一漾一漾地，填沒了這船和那船間的空隙。

「埠」粵音「阜」及「步」，埠頭即碼頭。上述八十字是小說開筆，對最平常景觀予以極精準細緻的藝術描寫，尤其欣賞他對菜葉、垃圾、白膩泡沫的留意，抓住一點細節即寫活一個碼頭，很見功力。開筆的文字功力，是吸引人讀下去的原因。

二 心胸氣度不同於從前

　　葉聖陶的《多收了三五斗》的故事骨架近似茅盾的《春蠶》，兩篇小說都寫豐收下小民百姓卻賠得更多，並因為投資大了而債台高築。兩篇小說用個別農戶、養蠶戶的精力白費見證中國二、三十年代小農經濟的崩潰。在不公平的營商環境下，列強叩關，洋貨充斥，個人再努力甚至輔之以天時地利（如豐收），也救不了自己——此即《多收了三五斗》內的「穀賤傷農」。而穀價平賤，當不止於豐年「多收了三五斗」，還因為許多一般人看不出來的國家總體危機。

　　《多收了三五斗》內糶米的農戶是社會的典型，用以實寫狀況，讓讀者從人的層面領略社會問題有多嚴重。近五千字的小說，作者在末尾的五分一嘗試把視野拉闊，鏡頭一轉，由個別農戶而至於社會的其他面向。且看小說鏡頭如何轉變及拉開。

　　　第二天又有一批（賣米的）敞口船來到這裏停泊。鎮上便表演着同樣的（被壓價的）故事。這種故事也正在各處市鎮上表演着，真是平常而又平常的。

　　　「穀賤傷農」的古語成為都市間報紙上的時行標題。

　　　地主感到收租的棘手，便開會，發通電，……應請共籌救濟的方案。

金融界本在那裏要做買賣，便提出了救濟的方案：（按：小說內煞有介事地提出三點提案）……。

工業界是不聲不響。米價低落，工人的米貼之類可以免除，在他們是有利的。

社會科學家在各種雜誌上發表論文，從統計，從學理，指出糧食過剩之說簡直是笑話：「穀賤傷農」也未必然，穀即使不賤，在帝國主義和封建勢力雙重壓迫下，農也得傷。

這些都是都市裏的事情，在「鄉親」是一點也不知道。他們有的糶了自己吃的米，賣了可憐的耕牛，或者……（按：小說以下段落又回到個別農民身上）。

看過若干拍攝於三、四十代的中國電影，其中一齣電影以低下階層為題材，記得該片開場一幕是個黑框，框內有一棟如剖開了的大廈，鏡頭一層一層地收窄及往下鑽，直鑽到大廈地底才豁然全幅拉開，回復正常畫面。這是象徵式的拍法，顯示故事要拍「（地底）低下階層」。而《多收了三五斗》的忽然拉闊，用意與上述電影相同，是當年創作人宏觀視野下的藝術嘗試。先不論葉氏此篇後五分一在效果上好或不好，頗為感慨的，是今天的創作人不斷往自己的肚臍眼裏鑽，並從中大造文章，心胸氣度截然不同於從前。

二 透過小說讀通今天的新聞

　　連戰早年訪問中國大陸，並與時任國家主席胡錦濤握手。相信一般人未必懂得閱讀當中的深刻意義。我城人普遍不讀中國現當代史，大概不完全可以歸咎殖民地教育；人會長大，離開校園就不讀書，責任在自己身上。胡連的一握手，代表共產黨與國民黨互相發放善意，內戰格局留下來的歷史恩怨往後勢必另有一番發展，即使肯定不會一片坦途。

　　內戰，是中國人打中國人，近年細寫此題材的只有陳映真，他重拾小說之筆後的《歸鄉》宜找來一讀。而葉聖陶寫於 1927 年 10 月的《夜》，以第一次國共合作破裂後的白色恐怖為題材。不抗外敵而殺自己人，這樣的歷史誰都不希望再發生。《夜》摘取了這段歷史的一個側影。

　　故事中的一對教書夫婦被國民黨抓走槍決，老母親託弟弟「阿弟」尋找屍首並予以安葬。以下一段作者寫阿弟經「弟兄」（官兵）引路認屍，並得知槍決當晚的狀況。

> 　　……狗吠聲同汽車的嗚嗚聲遠得幾乎渺茫，似在天末的那邊。……早上還下雨，濕泥地不容易走，又看不見，好幾回險些兒跌倒。那兄弟嘴唇黏着支紙煙，一邊吸煙一邊幽幽地說，「他們兩個都不行，沒有一點氣概，帶出來就索索地抖，像兩隻

難。面色灰了，你看我，我看你，眼淚水直淌，想說話又說不上。你知道，這樣的傢伙我們就怕。我們不怕打仗，抬起槍來一陣地扳機關，我想你也該會，就是怕抬不動槍。敵人在前面呀，開中的，開不中的，你都不知道他面長面短。若說人是捆好在前面，一根髮一根眉毛都看得清楚，要動手，那就怕。沒有別的，到底明明白白是一個人呀。更其是那些沒有一點氣概的，眼淚水濺到你手上，抖得你牙齒發軟，那簡直幹不了。那一天，我們那個弟兄，上頭的命令呀，縮了好幾回，才皺着眉頭，砰地一響開出去。那曉得這就差了準兒，中在男的臂膀上。他痛得一陣掙扎。女的呼娘呼兒直叫起來，像發了狂。老實說，我心裏難受了，回轉頭，不想再看。又是三響，才算結果了，兩個染了滿身紅。」那兄弟這樣敘述，……

此段文字讀得我透不過氣來。讀完了，你也許會更明白兩岸和平因何值得爭取、珍惜。

昏燈照影的一個夜晚

　　與柔石、羅淑相比，原名葉紹鈞的葉聖陶留下大量作品。葉氏是作家也是教育家，曾與夏丏尊合寫《閱讀與寫作》、《文心》、《文章講話》等書，並為當年上海商務印書館編製小學國文課本，開啟民智。

　　葉聖陶的小說創作量豐富，此次揀選了的《多收了三五斗》、《夜》，值得找原文一讀。上文談了《夜》的槍決場面，該段落寫來陰森懾人！為錢糧當兵的，要槍決哀哭掙扎、與自己無仇無怨的教書先生夫婦，而且是「捆好在前面，一根髮一根眉毛都看得清楚」的，叫做官兵的複述也覺恐懼。

　　而找甥女、甥女婿屍骨的「阿弟」，聽過槍決當晚的情況後，葉聖陶這樣寫阿弟的反應：

　　　　……那兄弟這樣敘述，聽他的（指阿弟）似乎氣都透不來了；兩腿僵僵的提起了不敢放下，彷彿放下就會踏着個骷髏。……

　　《夜》整篇小說的氣氛掌握得很好，結構完整。槍決及尋屍安葬是小說的下半，上半完全不提此事，讀者只讀到夜深人靜，老婦手抱不斷啼哭、不肯入睡的小男嬰，費盡力氣去哄

他，想他安靜下來的場面。小說顯示，男孩睡也不睡並非老婦最在意的，她只希望男孩不要哭，不要在夜深驚動任何人。讀到中段，自然知道原來老婦的女兒及女婿被抓，凶多吉少，她自己驚魂未定。最後，為她找屍首的弟弟回來了，確定「人」已成「屍」，老婦希望幻滅。小說題為《夜》，且看作者如何描寫老婦怯恐失措的夜晚，以及夜的氣氛及燈光：

> 一條不很整潔的里弄，一幢一樓一底的屋內，桌上的煤油燈放着黃暈的光，照得所有的器物模糊，慘淡，像反而增了些陰暗。

這五十字是小說開筆。有光而不亮，反倒令物件看起來更暗，此觀察極細緻。

> 晚上，在她，這幾天真不好過。除了孩子的啼哭，黃暈的燈光裏，她彷彿看見隱隱閃閃的好些形象。有時又彷彿看見鮮紅的一灘，在這裏或是那裏，——這是血！裏外，汽車奔馳而過，笨重的運貨車有韻律地響着鐵輪，她就彷彿看見一輛汽車載着被捆縛的兩個，他們的手足上是累贅而擊觸有聲的鐐銬。……

整篇小說除槍決一段沒有正寫政治。作者細寫家庭、寂靜的夜晚；寫失去女兒的老婦，失去親娘的斷奶男嬰如何度過一個晚上。

那一行筆直的秧苗

當年讀大學，既修讀現代文學，也選修現代小說，對現代文學的興趣與認識始自當年，累積與深化於日後。而柔石、羅淑等，都是上課後才認識的名字。

很喜歡現代文學的原因之一，是這時期的優秀作品具備生活體驗、觀察能力與文藝提升較完美的結合。不同於今天的小說用「腦」計算，機心太重。這類文學「創作」形式眩目，卻內容空洞。

此次介紹柔石的《為奴隸的母親》。故事中的丈夫因貧無立錐，被迫把妻子典當給秀才三年。小說的開筆甚佳，匆匆幾筆即寫活了故事中的「丈夫」如何淪落。

> 她底丈夫是一個皮販，就是收集鄉間各獵戶底獸皮和牛皮，販到大埠上出賣的人。但有時也兼做點農作，芒種的時節，便幫人家插秧，他能將每行插得非常直，假如有五人同在一個水田內，他們一定叫他站在第一個做標準，然而境況是不佳，債是年年積起來了。他大約就因為境況的不佳，煙也吸了，酒也喝了，錢也賭起來了。這樣，竟使他變做一個非常凶狠而暴躁的男子，但也就更貧窮下去。連小小的移借，別人也不敢答應了。
>
> 在窮底結果的病以後，全身便變成枯黃色，臉孔黃的和小

銅鼓一樣，連眼白也黃了。別人說他是黃疸病，孩子們也就叫他「黃胖」了。有一天，他向他底妻說：「再也沒有辦法了。這樣下去，連小鍋也都賣去了。我想，還是從你底身上設法罷。你跟着我捱餓，有什麼辦法呢？」

「我底身上？……」

……

「你，是呀，」她底丈夫病後的無力的聲音，「我已經將你出典了……」

「什麼呀？」她底妻子幾乎昏去似的。

屋內稍稍靜寂了一息。

故事中的「妻」被秀才善待，及後秀才更想「續借」三年。妻為秀才生下一子叫秋寶，兩頭都是家、又不是家，妻子受的是心靈之苦。此處先不說故事的其他細節，且留意柔石的開筆。

要寫一個人正道、「標準」，可以怎麼個寫法呢？插秧幾句非常生動。然後，請注意往後幾句的轉折詞，「『然而』境況是不佳，債是年年積起來了。他『大約』就因為境況的不佳，煙也吸了，酒也喝了，錢也賭起來了。這樣，竟使他變做一個非常凶狠而暴躁的男子，『但』也就更貧窮下去。」八十多字的幾句，將社會的錯、自己的錯，人生糾纏不清的是非對錯精煉簡潔地生動鋪陳。

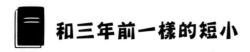

和三年前一樣的短小

上文介紹柔石的《為奴隸的母親》的開筆，至於整篇小說之好，在於對人物的掌握恰到好處。

小說中的丈夫因窮極而把妻子典當，決定典妻前三天，債主登門討債，他想過沉潭，卻沒有勇氣。害妻累己，出於別無選擇，是窩囊多於無情。至於那位秀才，對待租來的婦人不薄。可是，秀才對婦人的愛要身心全取，且看柔石如何描寫以下這小節：婦人賣掉秀才給她的青玉戒指替病危的兒子春寶籌醫藥費，秀才知道後忌恨不快。

> 秀才接着歎息說：「總是前夫和親兒好，無論我對你怎麼樣！本來我很想再留你兩年的，現在，你還是到明春就走罷！」
>
> 女人簡直連淚也沒有地呆着了。
>
> 幾天後，他還向她那麼地說：「那隻戒指是寶貝，我給你是要你傳給秋寶的，誰知你一下就拿去當了！」

說是對婦人有好感嗎？可是給她青玉戒指卻不是想她多個錢傍身，而是想她傳給秋寶；柔石寫活了秀才合乎人性、卻自我中心得很的小心眼、小自私。結局是婦人要離開漸生母子情的秋寶，回老家收拾一段已荒疏的母子情、夫妻情。

下午三四時的樣子，一條狹窄而污穢的鄉村小街上，抬過了一頂沒篷的轎子，轎裏躺着一個臉色枯萎如同一張乾癟的黃菜葉那麼的中年婦人。……一群孩子們，爭噪地跟在轎後，好像一件奇異的事情落到這沉寂小村鎮裏來了。

　　春寶也是跟在轎後的孩子們中底一個，他還在似趕豬那麼地嘩着轎走，可是轎子一轉一個彎，卻是向他底家裏去的路，他卻直了兩手而奇怪了，等到轎子到了他家裏的門口，他簡直呆似地遠遠地站在前面，背靠一株柱子上，面向着轎，其餘的孩子們膽怯地圍在轎的兩邊。婦人走出來了，她昏迷的眼睛還認不清站在前面的，穿着襤褸的衣服，頭髮蓬亂的，身子和三年前一樣的短小，那個八歲的孩子是她的春寶。突然，她哭出來地高叫了：「春寶呀！」

引文中寫春寶「身子和三年前一樣的短小」一句甚好，整個家的處境、婦人未來的命運都盡在不言中。

　　柔石是「左聯五烈士」之一，與另四名左聯作家於 1931 年初被國民黨秘密槍決。享年二十八歲。今天不熟悉現代文學的讀者可能一見「左聯」二字便有誤解，以為作品盡是政治宣傳，人物只有階級性。其實不然。三十年代世界性左翼思潮影響下，即使非左翼作家也不少投身社會、關心人民，下文介紹的羅淑即是一例。

　　小說終歸是小說，即使用來說教，倘使寫得成功，一定有獨立於主義之外的藝術生命。柔石不少作品今天重讀，仍覺是高手之作。

二　都是被賣的婦人

　　中國新文學發展到三十年代，既因為世界性的左翼思潮影響，也因為國家水深火熱，於是左翼或非左翼作家都傾向關切社會、關心人民，落實為文藝寫作，不少作家都積極在作品中展現民眾的苦難。上文介紹了柔石的《為奴隸的母親》，此次介紹羅淑，她的《生人妻》剛好也以賣妻為題材（台灣作家王禎和寫於 1967 年的《嫁妝一牛車》也是近似的題材）。

　　柔石的《為奴隸的母親》詳寫婦人被典再嫁後三年屈辱的生活，倘若說故事裏的婦人對秀才，以及傷害她人格尊嚴的秀才老妻逆來順受，則羅淑筆下的《生人妻》裏那個婦人選擇了反抗，被賣當晚即逃逸。

　　婦人逼得黃夜逃亡的原因，是買她的胡大之弟趁其兄醉倒對她立心不良。且看羅淑對當時情況的描寫，尤其對婦人在慌亂中滾落山坡、遍體鱗傷的描述。

　　「莫怕！莫，莫怕——老大醉——困着了，困——噫！噫——」好含糊的說着就向她撲來，……他顛擺了幾下，足跟站立不定，就跌倒了。

　　倒在地上的人不住的思想要爬起來，那醉漢的莫奈何的蠕動在這時給了她一種奇特的恐怖和脅迫，他覺得他不像是一個活

人，她一手撥開豬圈的門就往外跑。

　　……（滾下山坡後）她終於大睜了眼，她不明白怎樣的會來到這個冰涼、堅硬、凹凸不平的地方。面頰這時刀割樣的奇痛，她由不得伸手去摸，她摸到極大的裂口，和流出來的黏膩的東西，她知道，那是血！

　　……（她害怕逃走會連累丈夫，於是）我倒害了他！不知從哪裏來的勇氣，她不顧一切的掙扎着立起來。但石塊過多，她一伸足就被絆倒，經過無數的傾跌，她只好失望的隨便躺下，她蜷曲了肢體，手枕着頭，呻吟着，讓血浸濕她的衣袖和披散的長髮。

　　《生人妻》的小說背景是四川沱江上游山間，農民丈夫因貧困無助，最後把心一橫「放妻一條生路」把她嫁出去，夫婦之間情義尚存。羅淑以女性的敏感來處理整個故事，讀來與《為奴隸的母親》有不同味道，相通處是對女性角色充滿同情。

　　女性前夫健在，因各種原因而被再嫁一次，這樣的婚嫁舊日名之曰「嫁娶生人妻」。丈夫健在，有別於寡婦，故曰「生人」妻。羅淑留學法國，寫於 1936 年的《生人妻》為處女作，一鳴驚人。1938 年產後因病逝世，享年二十五歲。她與柔石都英年早逝。

二 雨中閒行

　　曾在此引介的，多是寫實主義精神濃厚的作家。然而，三十年代的上海，有「新感覺派」一路小說另闢蹊徑，當中代表人物是施蟄存及穆時英等。

　　施蟄存的小說以現代派風格見長，寫於 1929 年的《梅雨之夕》是一篇典型的心理分析小說，寫梅雨之夕，主角與一位不知姓名的少女的「奇遇」。此次先不談小說中的「我」纖細微妙的心理變化，先看雨。雨是整篇小說的命脈，雨中街景是奇遇的舞台，施蟄存對雨景、雨中閒行的畫面寫得很有韻致。

　　小說中的「我」忙於辦幾樁公事，也為了避雨，在辦公室逗留至下午六時才離開。「我」離開時雨已止息，誰不知卻於「我」回家路上驟然重來，且看作者如何描寫「我」面對一場驟雨：

　　　　走出外面，雖然已是滿街燈火，但天色卻轉清朗了。曳着傘，避着簷滴，緩步過去，從江西路走到四川路橋，竟走了差不多有半點鐘光景。郵政局的大鐘已是六點二十五分了。未走上橋，天色早已重又冥海下來，但我並沒有介意，因為曉得是傍晚的時分了，剛走到橋頭，急雨驟然從烏雲中漏下來，瀟瀟的起着繁響。看下面北四川路上和蘇州河兩岸行人的紛紛亂竄亂避，只

覺得連自己心裏也有些着急。他們在着急些什麼呢？他們也一定知道這降下來的是雨，對於他們沒有生命上的危險。但何以要這樣急迫地躲避呢？說是為了恐怕衣裳給淋濕了，但我分明看見手中持着傘的和身上披了雨衣的人也有些腳步跟蹌了。我覺得至少這是一種無意識的紛亂。但要是我不曾感覺到雨中閒行的滋味，我也是會得和這些人一樣地急突地奔下橋去的。

「驟然從烏雲中漏下來，瀟瀟的起着繁響」時，「我」在天橋，居高臨下，看着下面的行人亂竄亂避，是一幅「無意識的紛亂」的畫面。「我」以閒心觀亂象，而亂不在身邊，在一定距離的腳下。橋上人閒，橋下是紛紛然川流不息的人潮，當中閒與亂、靜與動、上與下對照，畫面的構圖及內容豐富優美。

寫此文時正值我城七、八月間的雨季，常因驟雨忽至而心煩，讀上述一段有構圖、有節奏的美文，刺激自己從另一角度審視雨中生活。下雨？也不壞吧。

二 這裏是上海

　　過去介紹的小說，故事中的人物不是農民就是窮人。縱然有城市人，也是女兒女婿給白色恐怖殺害了的老太太。總之，是一大堆在二、三十年代的受難者。他們固然是那個年代中國最普遍、最典型的一類人物，可是，凡事都有例外。

　　例外出現在上海、三十年代抗戰中的「孤島」。這個孤島被列強分租，租界內有繁華、平靜、物資充裕的城市生活。且看《梅雨之夕》裏的上海的平常生活與雨中街景：

　　　　……我並沒什麼不舒服，我有一柄好的傘，臉上絕不曾給雨水淋濕，腳上雖然覺得有些潮扭扭，但這至多是回家後換一雙襪子的事。我且行且看着雨中的北四川路，覺得朦朧的頗有些詩意。但這裏所說的「覺得」，其實也並不是什麼具體的思緒，除了「我該得在這裏轉彎了」之外，心中一些也下意識着什麼。

　　襪子淋濕了，順理成章地回到家裏有替換，換一雙襪子便好了。小說中的城市不但沒有緊張氣氛，甚至有容人感發詩意的空間。當然，《梅雨之夕》是心理小說，主觀感受先行，不必「反映」現實。可是上海的居民結構始終不同於其他城市，且看從一輛電車頭等車廂走下來的是怎麼樣的乘客：

我數着從頭等車裏下來的乘客。為什麼不數三等車裏下來的呢？這裏並沒有故意的挑選，頭等座的車底前部，下來的乘客剛在我面前。所以我可以很看得清楚。第一個，穿着紅皮雨衣的俄羅斯人，第二個是中年的日本婦人，她急急地下了車，撐開了手裏提着的東洋粗柄雨傘，縮着頭鼠竄似地繞過車前，轉進文監師路去了。我認識她，她是一家果子店的女店主。第三，第四，是像寧波人似的我國商人，他們都穿着綠色的橡皮華式雨衣。第五個下來的乘客，也即是末一個了，是一位姑娘。她手裏沒有傘，身上也沒有穿雨衣，好像是在雨停止了之後上電車的，而不幸在到目的地的時候卻下着這樣的大雨。我猜想她一定是從很遠的地方上車的，至少應當在卡德慶以上的幾站罷。

第五個走下來的姑娘，正是「我」的「奇遇」要碰上的主角。
　　中國三十年代寫實風格籠罩文壇，施蟄存等人另類的新感覺派、西方現代派風格的創作，大概只可能產生於上海。

似是故人來

施蟄存的《梅雨之夕》被稱為心理小說，但他的「心理」，與今人的「心理」不同，小說效果異於今天大家慣讀的那種心理小說。

小說很有秩序地縷述「我」的心潮起伏，如此而已。

「我」是上班一族，所謂的小資產階級。雨中邂逅一位沒打傘的女子。女子身影似曾相識，「我」疑是故人來 —— 七年前心儀、當時十四歲的一位少女。以下是「我」心旌盪漾的過程。

「我」的思疑：

> 確然是她，罕有的機會啊！她幾時到上海來的呢？她底家搬到上海來了嗎？還是，哎，我怕，她嫁到上海來了呢？她一定已經忘記我了，⋯⋯也許我底容貌有了改變，她不能再認識我，年數確是很久了。⋯⋯

「我」的另一種思疑 —— 心虛被太太發現：

> 我偶然向道旁一望，有一個女子倚在一家店裏的櫃上。用着憂鬱的眼光，看着我，或者也許是看着她。我忽然好像發現這是我底妻，她為什麼在這裏？我奇怪。

「我」自我否定，後悔相送一程：

我開始後悔了，為什麼今天這樣高興，剩下妻在家裏焦灼地等候着我，而來管人家的閒事呢。北四川路上。終於會有人力車往來的？即使我不這樣地用我底傘伴送她，她也一定早已能僱到車子了。

「我」夢破：

奇怪啊，現在我覺得她並不是我適才所誤會着的初戀的女伴了。他是另外一個不相干的少女。眉額，鼻子，傾骨，即使說是有年歲底改換，也絕對地找不出一些蹤跡來。而我尤其嫌厭着她底嘴唇，側着過去，似乎太厚一些了。

最有趣是結尾以真假重疊，回到現實作結：

下了車，我叩門。

——誰？

這是我在傘底下伴送着走的少女底聲音！奇怪，她何以又會在我家裏？門開了。堂中燈火通明，背着燈光立在開着一半的大門邊的，倒並不是那個少女。朦朧裏，我認出她是那個倚在櫃枱上用嫉妒的眼光看着我和那個同行的少女的女子。我惝怳地走進門。在燈下，我很奇怪，為什麼從我妻底臉色上再也找不出那個女子底幻影來。

妻問我何故歸家這樣的遲，我說遇到了朋友。

施蟄存等人的新感覺派以現代主義的創作手法寫作，有意開掘潛意識和隱意識，追求主觀感受及印象。有趣的是，部分心理小說讀來只覺描寫纖細，心情起伏複雜而不凌亂。

外國作家篇

簡・奧斯丁

（Jane Austen，1775－1817）

把閨秀世界寫透寫活的作家

　　英國小說家，出生於英國史蒂文頓。主要作品有《傲慢與偏見》、《理智與情感》、《曼斯菲爾德莊園》、《愛瑪》等。她以女性的角度，展現當時英國鄉紳社會的風俗面貌，尤其突顯出英國女性的境況。著作格調輕鬆詼諧，字裏行間充滿機智和幽默，並體現了作者的婚戀觀。

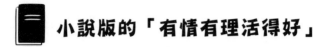

小說版的「有情有理活得好」

　　我深信，人若通情達理，對人情觀察盡量立體通透，活得利己利人，生活一定快樂。而我有能力撰寫「情」「理」教育素材，秘密在於從前多讀中外古典小說和經典文學作品。

　　教統局的「中學中國語文參考書籍目錄」選收了簡・奧斯丁的《傲慢與偏見》，我則打算介紹作者另一部更適合本地中學生閱讀的經典《理智與感情》。

　　《理智與情感》是閨閣女兒談婚論嫁的故事，情節今日或嫌拉扯婆媽。而小說內對男女交往的規限今天已不復存，內容表面看來已告過時。然而，小說吸引之處，在於作者對人物內心情感變化的細緻捕捉。小說內所呈現的人情道理，人物如何思考生活、思考愛情，對今天的年輕讀者以至成年人，看來仍有參考價值。怎樣讀通這本小說，往後三篇文章會朝這方向努力。

　　簡・奧斯丁一生只寫了六部小說，除出版於 1811 年的處女作《理智與情感》外，另有《傲慢與偏見》（1813 年）、《曼斯菲爾德莊園》（1814 年）、《愛瑪》（1815 年）；《諾桑覺寺》及《勸導》則出版於她身故後的 1818 年。於高中中學教學而言，選教《理智與感情》可能比《傲慢與偏見》更方便，因為國際名導演李安曾把它改編為同名電影。李安處理劇本向來都

有一手，總能把故事及內容搞好。讓同學把小說與李安的電影對讀，分析討論可能更易進行。

《理智與情感》中譯後約共二十六萬字，先簡述故事梗概，之後會選段細析。

故事講述一家之主亨利‧達什伍德逝世後，遺產由他與前妻所生的兒子約翰繼承。兒子曾答應父親會照顧後母及三位同父異母的妹妹（埃麗諾、瑪麗安以及瑪格麗特），可是約翰在妻子范妮的唆使下背信棄義，既逼走後母及妹妹，也侵吞她們應得的財產。范妮的親弟愛德華與姐姐不同性格，他的出現打動了埃麗諾的芳心，但這段姻緣卻受到勢利眼的范妮百般阻撓，因為她想弟弟娶一個門當戶對的富家女為妻。至於瑪麗安在雨中扭傷腳踝，被俊朗的威洛比搭救，瑪麗安不顧一切地愛上他，卻忽略了布蘭登上校對她的誠摯愛意。最後瑪麗安發現威洛比原來是個感情騙子。幾經波折，愛德華與埃麗諾、瑪麗安與布蘭登上校終成眷屬，生活得愉快愜意。

姊妹對話

　　小說導賞假如沒有細緻的文本閱讀配合（哪怕只是選段），只講述概括性的總體評價，不算是理想的導賞方法。因此，與其總評《理智與情感》的藝術特色，倒不如剔出個別選段細析，看看小說的肌理質感、人物的立體感如何呈現。

　　以下是第一卷第十二章的片段。講述姐姐埃麗諾覺得二妹瑪麗安的男友威洛比不是好人，遂特別留心妹妹的舉動，當她知道威洛比會送妹妹一匹馬，姊妹倆有以下對話：

　　　　第二天早晨，埃麗諾與瑪麗安一道散步，瑪麗安向姐姐透露了一樁事。埃麗諾早就知道瑪麗安言行輕率，沒有心計，但是這樁事表明她搞得實在太過分了，不免大為驚訝。瑪麗安欣喜異常地告訴她，威洛比送給她一匹馬。這匹馬是他在薩默塞特郡的莊園裏親自餵養的，正好供女人騎用。她也不想一想母親從不打算養馬——即便母親可以改變決心，讓她接受這件禮物，那也得再買一匹，僱個傭人騎着這匹馬，而且終究還得建一所馬廐——這一切她全沒考慮，就毫不猶豫地接受了這件禮物，並且欣喜若狂地告訴了姐姐。

　　　　「他準備馬上打發馬夫去薩默塞特郡取馬，」她接着說，「馬一到，我們就能天天騎啦。你可以跟我合着用。親愛的埃麗諾，

你想想看，在這丘陵草原上騎馬飛奔，該有多麼愜意啊！」

　　她很不願意從這幸福的迷夢中驚醒，更不願意去領悟這樁事所包含的不幸現實。有好長時間，她拒不承認這些現實。再催一個傭人，那花不了幾個錢，她相信母親決不會反對。傭人騎什麼馬都可以，隨時都可以到巴頓莊園去牽。至於馬廄，只要有個棚子就行。隨後埃麗諾大膽地表示，從一個自己並不了解、或者至少是最近才了解的男人那裏接受禮物，她懷疑是否恰當。這話可叫瑪麗安受不了啦。

　　「你想錯了，埃麗諾，」她激動地說道，「你認為我不很了解威洛比。的確，我認識他時間不長，可是天下人除了你和媽媽之外，我最了解的就是他了。熟悉不熟悉，不取決於時間和機緣，而只取決於性情。對某些人來說，七年也達不到相互了解，而對另些人來說，七天就綽綽有餘了。我倘若接受的是我哥哥的馬，而不是威洛比的馬，我會覺得更不恰當，那才問心有愧呢。我對約翰很不了解，雖然我們在一起生活了許多年；但對威洛比，我早就有了定見。」

　　埃麗諾覺得，最好別再觸及那個話題。她知道她妹妹的脾氣。在如此敏感的一個問題上與她針鋒相對，只會使她更加固執己見。於是，她便轉而設法激起她的母女之情，向她擺明：母親是很溺愛子女的，倘使她同意增加這份家產（這是很可能的），那一定會給她招來諸多不便。這麼一講，瑪麗安當即軟了下來。她答應不向母親提起送禮的事，以免惹得她好心好意地貿然應允。她還答應下次見到威洛比時告訴他，不能收他的禮物了。

二　小說中的人情世故

　　前文的引文約九百字，看上去比較長。然而於二十六萬字的長篇而言，這不過是小段落。也唯有比較完整地援引一個典型示例，才能說明作者寫人際關係有多到家。

　　小說中的瑪麗安是個感性強於理性的少女，她的愛恨悲喜都來得偏執絕對。初相識不久即打得火熱的男朋友送她一匹馬，她認為，這表示男友極愛她；並想像雙雙策馬馳騁有多浪漫（「你想想看，在這丘陵草原上騎馬飛奔，該有多麼愜意啊！」）。當然，她有想及「其他人」的。她慷慨地對姐姐說：「你可以跟我合着用。親愛的埃麗諾……」

　　讓我們停一停，想一想，瑪麗安接受初相識的男友饋贈馬匹，這做法對嗎？打個比喻，於今天而言就是女生交了個（表面上）富家子弟，富家子送她一部車，只屬中等家庭的女方應該欣然接受嗎？抑或停一停，想一想收禮物要有什麼顧慮？

　　不過是「收」禮物罷了，又不是「送」禮，有多複雜呢？為什麼需要有諸多顧慮？

　　且看簡・奧斯丁在小說內如何處理這段情節。小說中的大姐埃麗諾不同意妹妹的決定。她有兩方面的顧慮：物質層面，以及感情層面。埃麗諾認為妹妹接收禮物後要花一輪功夫來配合，例如要多買一匹馬供傭人使用 —— 總不成你騎馬，僕人走

路追你吧。此外還得花錢建馬廄及請人照料馬匹。總之，馬匹確是免費，可收馬後的種種安排每一項都花錢。情況一如人家送你一輛車，你得租個車位，也要花錢買汽油。

妹妹聽後不以為然，認為固然需要有額外開支的，卻可以盡量節省，不至於付不起來。於是，做姐姐的如何是好呢？分兩個步驟處理。一，姐姐不硬碰，「埃麗諾覺得，最好別再觸及那個話題。她知道她妹妹的脾氣。在如此敏感的一個問題上與她針鋒相對，只會使她更加固執己見」。二，打溫情牌、軟攻，「轉而設法激起她的母女之情，向她擺明：母親是很溺愛子女的」，哪怕要為此而「招來諸多不便」。

就這樣，妹妹接受了姐姐的建議，不收男友的禮物。當中的微妙處是埃麗諾對人很有分寸。用溫情牌既是博人同情，也是予人下台階；對方會覺得不是拗不贏你啊，是我有品（如孝順），所以退讓。──簡·奧斯丁就是這樣通透地寫人，類似的例子在小說內俯拾皆是。

《理智與情感》要說的並非驚天大事，不過是閨閣女兒、姊妹之間的家庭風波。而值得一讀，是作者把人寫得立體、纖巧細緻，小說人物恍若真有其人。整部小說不靠波瀾壯闊的情節來開展故事，靠人物幽微的內心活動、思想起伏、對生活的斟酌思量，而對話是描寫的主要元素。這類小說形態其實有點張愛玲，寫的都是女人事，只是張愛玲筆調冷艷，而且多寫人的勾心鬥角；簡·奧斯丁則下筆爽朗幽默，小說人物有健康正面的人生價值觀。

二 那時的人生觀與價值觀

　　上文只談了埃麗諾如何從物質層面提點妹妹，未談第二方面：感情層面的規勸。埃麗諾對妹妹說：「埃麗諾大膽地表示，從一個自己並不了解、或者至少是最近才了解的男人那裏接受禮物，她懷疑是否恰當。」此話何解呢？今天的中學生未必讀得明白。這是一句沒有生字，卻適宜細心琢磨的說話。

　　早年本地發生小情侶自殺案，一對青少年尋死的誘因之一，是女方懷疑有孕。資料顯示（他們留下的日記），小情侶每星期也「做那件事」。自殺消息披露後，有人同情青少年，認為成年人要聆聽他們的聲音，而且不要對中學生談戀愛給予過大壓力。這些回應粗聽彷彿很有道理，但細心一想，並留意事件的細節，即知道不完全正確。公平地說，今天的香港社會已較十多二十年前開放，中學生「純拍拖」所承受的壓力普遍來說不足以致命。以小情侶自殺案觀之，兩位年輕人實已超越「純拍拖」；即是假如有「壓力」，不純粹來自「社會」，頗大部分來自未成年的他倆「定期做那件事」，即是發生婚前性行為。

　　打個比喻，男女雙方分手，假如彼此在拍拖其間「兩不虧欠」，則分手傷的是情；情傷故然可以很慘，卻於關係上比較單純，因為你要處理的，完全是「你自己」而已。假如「多了」「外在因素」——如性行為，或小說《理智與情感》內女方曾收受男

方貴重禮物等 —— 則分手時便有太多糾纏不清的「賬」要算。以性行為為例，男女雙方再開放，倘若分手後大家另結新歡，屆時對你「性開放」是否介意的「權利」不在你手上，在你新結交的男女朋友手上。這樣說一點也不迂腐，是人際交往、現實相處的普遍事實。也不是社會思想開不開放的問題，是不同人對人生有不同的價值觀。「保守」與「開放」之間的分寸，不純然是「社會風氣」的問題，它也有個人抉擇的一面。而新男女朋友介不介意你之前的「性開放」，就是我所說的「賬」、「債」等感情負擔。

新聞中的小情侶為愛附加了不少東西，使愛受壓甚至扭曲，那一段感情關係因為不太純粹而失衡。《理智與情感》中的埃麗諾對妹妹的提醒，就是小心「禮物」之「（貴）重」——而且總不會只收一次吧 —— 會「壓歪」雙方的自然發展。

小說對人情世故、愛情親情的觀察極其細緻，幾至如真有其人、實有其事。這正是十九世紀以寫實為基調，同時注意人物心理的傳統小說的特徵。當中被譽為經典的作品，人物由內到外都非常立體。

《理智與情感》第一卷第十二章的姊妹對話，讀之既見十九世紀的小說如何寫人 —— 這是小說賞析；其次，多讀可讓今天極需要情感教育的中學生從中「學做人」—— 這是情理教育。十九世紀前後的經典外國小說，於今天有多重閱讀意義。值得咬緊牙關一讀。

狄更斯

（Charles Dickens，1812－1870）

維多利亞時代英國的大作家

　　英國作家，出生於英國普茲茅斯。主要作品有《博茲札記》、
《孤雛淚》、《小氣財神》、《塊肉餘生錄》、《荒涼山莊》、《艱難時
世》、《小杜麗》、《雙城記》、《遠大前程》等。狄更斯多描寫生活在
英國社會底層的「小人物」的生活遭遇，深刻地反映當時英國的社
會現實。

列一張愛情故事書單

　　前文談了簡・奧斯丁的《理智與情感》，此次談狄更斯的《雙城記》。

　　到中學講話，與部分同學熟稔後他們會大膽地向我這個外來導師提出要求。要求些什麼呢？——跟他們讀愛情故事。他們以為我會顧左右而言他，不接招。我卻爽快地說：「這有何難！」呵呵，我的書單如下：《理智與情感》、《雙城記》，又或者是魯迅的《傷逝》、沈從文《邊城》、蕭紅《生死場》（節選）及《商市街》等。愛情，並非只有流行小說、而且是劣質流行小說所寫的一款。

　　我同意可以多讀愛情故事，明白人到了一定年齡會對愛情有憧憬、想像。假如有同學想透過閱讀來理解、認識「問世間情是何物」，我認為這是值得肯定及鼓勵的好事。而我們這等有一定閱讀量的成年人需要做的，是向他們開列一張「愛情書單」，讓好書、好小說來「教養」青少年感知愛情是怎麼一回事——愛情嘛，它可能有刺，卻非常美麗；只要你以成熟的心靈養育它，它可以豐富你的感知世界，讓你活得包容及充滿善意。當然，它是超級脆弱敏感之物，一毫克的扭曲污染足以令它變形異化。因此，確實需要對它多加認識，認識它於人之好

與傷害。

除簡‧奧斯丁的《理智與情感》之外，我極力推薦狄更斯的《雙城記》。這是一部讀之叫人蕩氣迴腸的好小說，小說包含了深刻的父女情、友情，以及愛情。

我知道此書於今天中學生而言，最大困難在於字量，中譯本達六十萬字。可是不必害怕，我有方法：選擇重點並以節錄方式引介即可，有興趣的同學自會找原文一讀；否則也算是見識過何謂好文章、好小說，以及好的愛情小說。最近讀諾貝爾文學獎得主大江健三郎的《給新新人類》，書中《寫給孩子們讀的卡拉馬助夫兄弟們》一文，談他以經典教授日本「高一左右的學生」，方法是節選小說中的一個支線故事引導學生深入閱讀（原文為「從一座龐大的小說森林，選出幾片小樹林，顯示給小孩看」），讓同學見識一下什麼叫做好小說。

再長的經典，看來都可以用精讀片段來引介。

狄更斯的《雙城記》第一部分第五、六章，第二部分第十二、十三、十九章，以及第三部分第九、十一、十二章，都值得深度閱讀。

場面幾筆便立體勾勒

　　狄更斯《雙城記》第一部分第五、六章整章非讀不可！此篇限於字數，只以關鍵片段引介。

　　讀第五章〈酒店〉，旨在看狄更斯如何準確、省約地以一個場面呈現法國大革命前緊繃的社會張力。章名酒店，以酒開筆。而寫貧民生活之卑賤絕望，狄更斯出手奇特 —— 從酒醉、歡愉切入。

　　　街上落下一個大酒桶，磕散了，這次意外事件是在酒桶從車上搬下來時出現的。那桶一骨碌滾了下來，桶箍散開，酒桶躺在酒館門外的石頭上，像核桃殼一樣碎開了。

　　　附近的人都停止了工作和遊蕩，來搶酒喝。……有人跪下身子，合攏雙手捧起酒來便喝，或是趁那酒還沒有從指縫裏流走時捧給從他肩上彎下身子的女人喝。還有的人，有男有女，用殘缺不全的陶瓷杯子到水窪裏去舀；有的甚至取下女人頭上的頭巾去蘸滿了酒再擠到嬰兒嘴裏；有的用泥砌起了堤防，擋住了酒；有的則按照高處窗口的人的指示跑來跑去，堵截正要往別的方向流走的酒，有的人卻在被酒泡漲、被酒渣染紅的酒桶木片上下功夫，津津有味地呷着濕漉漉的被酒浸朽的木塊，甚至嚼了起來。……不但一滴酒也沒有流走，而且連泥土也被刮起了一

層。如果有熟悉這條街的人相信這兒也會有清道夫的話，倒是會認為此時已出現了這種奇蹟。

　　搶酒的遊戲正在進行。街上響起了尖聲的歡笑和興高采烈的喧嘩——男人、女人和孩子的喧嘩。這場遊戲中粗魯的成分少，快活的成分多。其中倒有一種獨特的伙伴感情，一種明顯的逗笑取樂的成分。這種傾向使較為幸運和快活的人彼此歡樂地擁抱、祝酒、握手，甚至使十多個人手牽着手跳起舞來。⋯⋯這一場表演也跟它爆發時一樣突然結束了。剛才把鋸子留在木柴裏的人又推起鋸子來。剛才把盛滿熱灰的小罐放在門口的婦女又回到小罐那裏去了——那是用來緩和她自己或孩子飢餓的手指或腳趾的疼痛的。光着膀子、蓬鬆着亂髮、形容枯槁的男人剛才從地窖裏出來，進入冬天的陽光裏，現在又回到地窖裏去了；這兒又聚起一片在這一帶似乎比陽光更為自然的陰雲。

　　酒是紅酒；它染紅了的是巴黎近郊聖安托萬的一條窄街，也染紅了很多雙手，很多張臉，很多雙赤足，很多雙木屐。⋯⋯有一個調皮的高個兒也變成了老虎。他那頂像個長口袋的髒睡帽只有小部分戴在頭上，此時竟用手指蘸着和了泥的酒渣在牆上寫了一個字——血。

第五章的開筆氣勢磅礴，讓人讀得屏息靜氣，氣氛在詭譎中山雨欲來。

　　引文第二段搶酒喝一幕寫來生動豐富，叫人印象深刻；人們用頭巾蘸酒、連泥巴一併刮起半滴不漏等驚人場面，是以淒

涼為底蘊寫狂歡，是正反相生的筆法。帶卑賤感的狂歡速來速往，順理成章地轉入陰沉、窮到絕望的本相。晴陰之間，對照出一種張力。

上述片段的背景為 1775 年，十四年後，聖安托萬一帶果真一片血海，是法國大革命重要戰區之一。

三根長金髮

　　狄更斯《雙城記》第一部分第六章題為〈鞋匠〉，講述被法國貴族陷害單獨囚禁了十五年的曼內特醫生逃出生天，可惜醫生經重創後神智迷糊，以造鞋來逃避現實。某日，曼內特醫生的銀行賬戶監護人羅瑞先生把他的女兒露西帶去與他相認，希望藉此幫助他恢復心智。露西兩歲即被羅瑞救走接到英國生活，一直以為父親已死；而憂能傷人，露西的母親在她三、四歲時即哀傷過度身故。

　　第六章最難處理的是如何寫活神智迷糊。神智迷糊不是失常，也不是完全失憶，是介乎知與不知的茫然。以下選段寫露西初會父親，如何由震驚、害怕，進而悲痛地嘗試親近他的過程。曼內特醫生則因露西的一縷金髮，勾起沉睡多時的部分記憶——

　　　　姑娘淚流滿面，把雙手放到唇邊吻了吻，又伸向他；然後把他摟在胸前，彷彿要把他那衰邁的頭放在她的懷抱裏。

　　　　「你不是看守的女兒吧？」

　　　　她歎了口氣，「不是。」

　　　　「你是誰？」

　　　　……他退縮了一下，但她把手放到了他的手臂上，一陣震

顫明顯地通過他全身。他溫和地放下了鞋刀，坐在那兒瞪大眼望着她。

她剛才匆匆掠到一邊的金色長髮此時又垂落到她的脖子上。他一點點地伸出手來拿起髮鬖看着。這個動作才做了一半他又迷糊了，重新發出一聲深沉的歎息，又做起鞋來。

但他做得並不久……放下了工作，把手放到自己脖子上，取下一根髒污的繩，繩上有一塊捲好的布。他在膝蓋上小心地把它打開，其中有少許頭髮；只不過兩三根金色的長髮，是多年前纏在他指頭上扯下來的。

他又把她的頭髮拿在手上，仔細審視。「是同樣的，怎麼可能！那是什麼時候的事？是怎麼回事？」

在苦思的表情回到他額上時，他彷彿看到她也有同樣的表情，便拉她完全轉向了亮光，打量她。……

「怎麼樣——是你嗎？」

兩個旁觀者又嚇了一跳，因為他令人害怕地突然轉向了她。然而她卻任憑他抓住，坦然地坐着，低聲說，「我求你們，好先生們，不要過來，不要說話，不要動。」

「聽，」他驚叫，「是誰的聲音？」

他一面叫，一面已放鬆了她，然後兩手伸到頭上，發狂似地扯起頭髮來。……他把他的小包捲了起來，打算重新掛到胸口，卻仍然望着她，傷心地搖着頭。

「不，不，不，你太年輕，太美麗，這是不可能的。……你

叫什麼名字，我溫和的天使？」

　　為了慶賀他變得柔和的語調和態度，女兒跪倒在他面前，哀告的雙手撫慰着父親的胸口。

　　「啊，先生，以後我會告訴你我的名字，我的母親是誰，我的父親是誰，我為什麼不知道他們那痛苦不堪的經歷。但我現在不能告訴你，不能在這兒告訴你。我現在可以在這兒告訴你的是我請求你撫摸我，為我祝福，親我，親我啊，親愛的，我親愛的！」

上述引文是一次蕩氣迴腸的美麗誤會，曼內特醫生以為金髮女子是他愛妻 —— 這情節合理而動人。「金髮」、「女子」這組合，於醫生而言認定為被迫分離的年輕愛妻。珍重收藏當年意外地纏在指頭上的三根金髮一筆，寫來纏綣俳惻 —— 這就是愛情。此段的父女情藏了夫妻愛，重疊起來是複雜感人的倫理情義。

　　原小說比本文的節錄精彩何止十倍！想讀極品愛情小說，請找《雙城記》一讀。否則，起碼也翻看此次介紹的第一部分第六章。

☰ 求和諧的人際關係

　　狄更斯《雙城記》第一部分的第五、六章已介紹過了，進入小說的第二部分，值得一讀的包括第十二、十三及十九章。

　　第十二章〈善於體貼的人〉說來奇怪，此章主角不是曼內特醫生，也不是其女兒露西，而是重要配角羅瑞（曼內特醫生銀行賬戶託管人）。此章講述律師斯特萊佛不自量力，想向曼內特醫生提親。斯特萊佛路過銀行，把他自以為的喜訊告訴羅瑞。羅瑞明知這是癩蛤蟆想吃天鵝肉的妄想，力阻斯特萊佛冒昧提親，並答應為他做跑腿，代為試探曼內特醫生及露西的意向。最初傲慢的斯特萊佛並不同意，於是羅瑞嚴肅認真地曉以利害：

> 「唔，斯特萊佛先生，我剛才是打算說：你可能會因為發現自己錯了（按：指冒失地錯提親事一事）而感到痛苦；曼內特醫生又因為不得不向你說真話也感到痛苦；曼內特小姐也因為不得不向你說真話而感到痛苦。你知道我跟這家人的交情，那是我引以為榮耀和快樂的事。若是你樂意的話，我倒願意修正一下我的勸告。我願意不要你負責，也不代表你，專門為此事（按：指試探曼內特醫生父女對斯特萊佛的印象）去重新作一次小小的觀察和判斷。那時如果你對結論不滿意，不妨親自去考察它是否可靠。若是你感到滿意，而結論還是現在的結論，那就可以讓各方面都省掉一些最好是省掉的麻煩。你意下如何？」

第二部分第十二章於《雙城記》而言並非重點。說的不過是一個不自量力、人品又差的傲慢律師妄想娶露西為妻。而對曼內特家極忠心的羅瑞知道律師一定失敗，於是介入勸阻。

這樣的一條支線在此鄭重推介，是發現它呈現了一種業已接近泯沒、彌足珍貴的人情世故，以及某種大異於今天的人際考慮。

羅瑞明知道斯特萊佛的求婚必定失敗。而此事倘若發生，於醫生父女而言，頂多是個尷尬的小麻煩，沒有什麼大不了；可是，求婚失敗於傲慢的斯特萊佛來說，是一次大大的羞辱，他極可能從此與醫生父女斷絕交往，甚至惱羞成怒，暗暗為父女製造麻煩。羅瑞從中勸阻，表面上保護了斯特萊佛的自尊心，可是歸根究柢保護了的，是知交曼內特醫生。

羅瑞最終成功勸退斯特萊佛的妄動，令曼內特醫生不必經歷拒婚的尷尬，也保住了雙方一段人際交往。在狄更斯的世界裏，人際關係的邏輯建基於盡量保持而非破壞。人與人之間留一分善意、少一分傷害，他朝好相見。況且，生活上少一個敵人（保持和諧），就多一分保障，尤其是對剛從恐怖經歷中安頓下來的曼內特醫生。羅瑞敬佩曼內特醫生，為他想得很周到；他的世故用來保護人、愛護人，而不是用來佔便宜、討私利。

曼內特一家後來確實用得上律師的幫忙，只是出手襄助的是斯特萊佛背後幹練的助手卡爾頓 —— 一個深愛露西、最終頂替她丈夫上斷頭台的可憐人。

二　愛與尊重

　　狄更斯《雙城記》第二部分第十三章〈不善於體貼的人〉是愛情故事。

　　古典小說的強項，我認為是人物（其實也是把人物寫出來的作者本人）有一個通情達理的心靈。小說內的角色為人行事顧情理、有邏輯，叫人看得自然、舒服。

　　此章講述日後代達爾內上斷頭台的卡爾頓向露西表白愛意，露西坦言心中另有所屬，想用朋友之愛來拯救對生活有點虛無感的卡爾頓。在露西心目中，雙方未必有愛情，但「情」有多種，含善意之關愛縱然結不出「情花愛果」，卻大可以轉化為生命的力量。

　　　「撇開這個問題不談，我能對你有所幫助嗎，卡爾頓先生？我能不能讓你走上新的道路呢？——請原諒！我難道就沒有辦法回報你對我的信任麼？我知道這是一種信任的表現。」

　　　她略微猶豫了一下，流着真誠的淚，嫻靜地說，「我知道你是不會對別人說這樣的話的。我能不能使這事對你有好處呢，卡爾頓先生？」

　　且注意，別人對自己的表白，露西以「被信任」來理解。

此外，露西明顯對卡爾頓懷有善意及好感，只是那不是愛情而已；而有好感是人際交往中一種微妙的默契，以高尚的情操視之，當可轉化為生之力量，用以戰勝負面的東西 —— 如卡爾頓混跡人間的生活態度。

可是，卡爾頓深感覺醒於他來說已為時已晚。

> 他搖搖頭。
>
> 「不行。曼內特小姐，不行。……」
>
> ……「既然這是我造成的不幸，卡爾頓先生，使你比認識我以前更加痛苦——」
>
> 「別那麼說，曼內特小姐，要是我還能悔改，你早就拯救我了。你決不會是我變得更壞的原因。」

原文整段對話是雙方都不想傷害人、很善良的表達。

最後卡爾頓請露西替他保密，且看狄更斯如何處理露西的回答。

> 「卡爾頓先生，」她心情激動，停了一會，回答道，「這是你的秘密，不是我的；我答應尊重你的秘密。」
>
> 「謝謝，再說一遍，願上帝保佑你。」
>
> 他拿起她的手吻了吻，然後向門口走去。

對別人表白愛意而被拒，無論如何都是一樁不想張揚的私事。這樣的一個「秘密」，一般而言都會看成是握在被愛慕一方

手上的「話柄」。說得難聽一點，對方幫你隱瞞是人情，是你去求人；而你、表白一方的榮辱，就握在別人手上。露西的回答是完全不同的另一套情理邏輯。露西把「秘密」交還對方，聲明那是男方的秘密，不是她的秘密 —— 她的守密基礎是「尊重人、尊重對方」。守密於露西的邏輯下，是自己人格上之必然責任，男方並沒有「求」她，也不欠露西人情。呵呵，今天的劣質愛情小說、情色小說，沒有這樣的一種人情態度，也沒有這種境界。

古典小說於今天之所以值得一讀，是它呈現了一種不同於今天的人生觀、道德價值觀，以及愛情觀；不但發人深省，而且彌足珍貴。

第十個早晨

　　《雙城記》第二部分第十八章〈九天〉談露西終於與達爾內結婚了。曼內特醫生要女婿達爾內隱瞞一個椎心的秘密 —— 達爾內的貴族叔父正是把醫生幽禁十五年的黑手。醫生知道女兒深愛達爾內，不想女兒受上一代的恩怨困擾，決定獨自承擔感情包袱。醫生的心情及內在壓力可想而知。於是女兒嫁後整整九天，醫生又再遁藏他的造鞋世界，拿起已塵封的工具沉迷專注地造鞋，一如他獲釋初期神智不清時的狀況。幸而，第十天早上，曼內特醫生若無其事地在窗前讀書，不再造鞋。曼內特醫生還以為女兒昨天才出嫁哩，不知道自己已喪失神智整整九天。

　　一般小說至此或已「大功告成」，因為已用了整個第十八章刻劃曼內特醫生的思想壓力及愛女情切。可是，在狄更斯筆下，沒有於醫生醒過來皆大歡喜的情節上收結，作者花了接下去的一整章（第十九章）來續寫由第十八章〈九天〉開出來的這個情節。第十九章寫曼內特醫生的財產監護人羅瑞如何巧妙地幫助醫生面對自己，尤其是仍然深埋、未消解的一些壓抑。於創作而言，這一筆極考功夫。別忘記曼內特醫生的神智才剛剛恢復過來，心理狀況非常脆弱，面對這樣的一個人，羅瑞可

以如何開口呢？未讀過小說的讀者可以先猜一下，答案見第十九章〈一個建議〉（另一些版本比較準確，譯作〈求教〉）：

　　吃完早飯撤下杯盤，桌旁只有他跟醫生在一起時，羅瑞先生很帶感情地說：「親愛的曼內特先生，我很想向你請教一個需要保密的問題。是一個我很感興趣的奇特病例。就是說，我感到很奇特，你見多識廣，也許並不覺得如此。」

　　醫生瞥了一眼他那雙因最近的工作而變了顏色的手，露出迷惑的神色，仔細聽着。他已經不止一次望過自己的手了。

　　「曼內特醫生，」羅瑞先生深情地碰碰他的手臂，「那是我一個特別好的朋友。請為他費點心給我出個好主意。尤其是為了他的女兒——他的女兒，親愛的曼內特。」

　　「如果我的理解不錯的話，」醫生壓低了嗓子說，「是一種心理休克吧？」

　　「對！」

　　「介紹清楚一點，」醫生說，「不要遺漏任何細節。」

　　羅瑞先生看出彼此很默契，便說了下去。

　　「親愛的曼內特，這是一種陳舊性的長期休克，對感情和感覺都十分痛苦，十分嚴重，正是你所說的心理休克，心理上的。病情是：病人因心理休克而崩潰過不知道多少時間，⋯⋯」他住了嘴，深深地吸了一口氣，「他的病出現了一次輕微的反覆。」

　　醫生低聲問道，「有多久時間？」

　　「九天九夜。」

「有什麼表現？」……

是否佩服非常？！狄更斯筆下，羅瑞以「想幫一位朋友」為名向醫生「討教」，把醫生的病情向他本人詳細縷述。故事發展下去，深談間，曼內特醫生漸漸明白羅瑞口中的病人是他自己。

醫生也妙，不動聲色冷靜地與羅瑞繼續討論，讓自己隔了一位「他者」來面對自己。小說寫到這種水平，已不是文字技藝層面的「創意寫作」那麼簡單了，當中剔透呈現的，是人情。

吻一下監獄的牆

《雙城記》結局的第三部分，我選介第五、九及十一章。

第三部分第五章〈鋸木工〉講述露西的丈夫達爾內因貴族身份而被拘禁達一年又三個月。露西父親曼內特醫生不惜為革命群眾充當義務醫生，藉此出入監獄，呼應照顧女婿達爾內。醫生更從中拉線，讓飽受分離之苦的女兒女婿可以偷偷「接觸」。

怎麼個「接觸」法呢？答案如下：

（按：醫生對女兒說）「我親愛的，監獄裏有一個高層的窗戶，下午三點鐘查爾斯有時可能到那兒去。若是你站在街上我告訴你的那個地方，而他又到了窗口，他認為他有可能看見你 —— 但他能否到窗口，卻得由許多偶然因素決定。不過你是看不見他的，可憐的孩子，即使看見了，也不能有所表示，因為那對你不安全。」

「啊，告訴我地點吧，父親，我每天都去。」

從此以後，不論什麼天氣，她總要到那兒去等兩個鐘頭。時鐘一敲兩點她已站在那兒了，到了四點才斷了念頭離開。若是天氣不太潮濕或不太惡劣，能帶孩子，她便帶了孩子去。平時她一個人去，但是從沒有錯過一天。

那是一條彎曲小街的一個黑暗骯髒的角落。那裏唯一的房屋是一個把柴鋸成短段便於燒壁爐的工人的小棚屋，此外便只有

牆壁。她去的第三天，那人便注意到了她。

鋸木店工人做的正是斷頭台。狄更斯巧妙地將大背景（處於動盪血腥階段的法國）縮影於小巷，讓張力包圍露西。而夫婦倆的偷偷接觸，就在虎口旁邊進行。

（按：鋸木工與露西搭訕）「啊！不過，這可沒有我的事。我的事是鋸木頭。看見我的鋸子了麼？我把它叫作我的斷頭台。啦，啦，啦；啦，啦，啦！他的腦袋掉下來了！」

他說着話，木柴掉了下來，他把它扔到籃子裏。

「我把我自己叫作木柴斷頭台的參孫。又看這兒！嚕，嚕，嚕；嚕，嚕，嚕！這個女人的腦袋掉下來了！現在，是個小孩。唧咕，唧咕；劈咕，劈咕！小孩腦袋也掉下來了。滿門抄斬！」

他又把兩段木柴扔進籃子，露西打了個寒顫。……這人好管閒事，有時在她凝望着監獄的屋頂和鐵窗、心兒飛向丈夫而忘了那人時，她會立即回過神來，卻見那人一條腿跪在長凳上望着她，手中忘了拉鋸。「可這不關我的事！」……

無論在什麼天氣——在冬天的霜雪裏，春天的寒風裏，夏天炙熱的陽光裏，秋天綿綿的細雨裏，然後又是冬天的霜雪裏，露西每天都要在這裏度過兩小時，每天離開時都要親吻監獄的牆壁。她去六次，她的丈夫也許能看到她一次（她的父親這樣告訴她），有時也可能連續兩天都能看到，有時也可能一兩個禮拜都看不到。只要他有機會看見她，而且碰巧果然看見那一種可能性，她情願一週七天，每天去站一整天。

由終點回望人生

《雙城記》結局第三部分中的第九及十一章是我的個人偏好。

第三部分第九章〈勝券在握〉（另一版本譯作〈定局〉）講述卡爾頓暗暗下了個生死攸關的決定——代達爾內上斷頭台。此章描述卡爾頓、一個自知第二天就要赴死之人的心情，也描述他冷靜地為赴死佈局：在某些地方故意高調亮相，讓人知道有個長相像極了達爾內的英國人在法國出現，好便第二天達爾內出城時不被懷疑。當晚，他深情地在露西常去的街角流連（詳見前文），並故意讓木工知道他的存在：

> 夜裏十點鐘他在拉福斯監獄前露西曾數百次站立過的地方站住了。一個小個子鋸木工已關上舖子，正坐在店門口抽煙。
>
> 「晚安，公民。」卡爾頓經過時停下打招呼，因為那人好奇地看他。
>
> ……這位傻笑着的小個子取下煙斗，解釋他是怎樣替劊子手計算時間的。……
>
> 「可你不是英國人，」鋸木工問，「雖然你一身英國裝。」
>
> 「是英國人，」卡爾頓再次停步，回頭作答。
>
> 「你說話像個法國人呢。」

「我在這兒讀過書。」

「啊哈！地道的法國人！晚安，英國人。」

之後，卡爾頓在夜幕下踽踽獨行，對人生有所省思，也豁然有悟。

　　街上馬車稀少，因為坐馬車可能引起懷疑，上流社會的人早把腦袋隱藏到紅便帽之下，穿上沉重的鞋，蹣跚地步行。……戲院門前有個小姑娘正和她的媽媽一起穿過泥濘要過街去。他（按：卡爾頓）抱起了孩子送她過街。在那怯生生的手臂放鬆他的脖子時，他要她讓他親一親。

　　「復活在我，生命也在我，信仰我的人雖然死了，也必復活；凡活着信仰我的人，必永遠不死。」

　　此時道路悄寂，夜色漸濃，《聖經》的詞句伴和着他的腳步的回音，在空中迴蕩。他心裏一片寧靜，一念不興，只偶然伴隨着腳步在嘴裏重複那些詞句，可那些詞句卻永遠在他耳裏震響。

　　夜色漸漸淡去，他站在橋頭，聽着河水拍打着巴黎島的河堤，……清晨靜謐之中的澎湃的潮水是那麼迅疾，那麼深沉，那麼可信，有如意氣相投的摯友。他遠離了房舍，沿着河邊走去，竟沐着太陽的光亮與溫暖，倒在岸邊睡着了。他醒來站起身子，還在那兒逗留了一會兒，望着一個漩渦漫無目的地旋捲着，旋捲着，終於被流水吸去，奔向大海——「跟我一樣！」

　　一艘做生意的小艇揚起一片色調如死葉般柔和的風帆，駛入了他的視線，又駛出了他的視線消失了。那小艇的蹤跡在水中

隱沒時，他心裏爆發出一個祈禱，祈求慈悲對待他的一切盲目行為與錯誤。那祈禱的結尾是：「復活在我，生命也在我。」

卡爾頓在夜幕下踽踽獨行，背景既靜且美。撒手塵寰在即，於生命的終點思索人生，卡爾頓從容不迫，突然若有所悟。上述段落在原小說裏更為精彩，筆觸抒情幽雅，又有思想深度。

《雙城記》之好讀，不止是情節吸引，還在於故事人物有非常動人的生命感受，而這類思想感受不就是角色的心理描寫嗎？不知何故，有人誤以為寫實作品只擅長「實寫」外在真實。其實不然。心理描寫，絕非寫實小說的弱項。而寫實小說與後來現代心理小說之別，在於前者多寫人生有序的一面，後者則多寫人間失序失衡下的惶惑。

赴死前的叮嚀

　　《雙城記》第三部分第九章〈勝券在握〉寫卡爾頓，第十一章〈黃昏〉則寫達爾內。

　　童書中有《雙城記》的濃縮故事版。濃縮版第十一章要擷取的情節，無疑就只有達爾內被革命法庭判處死刑一事。的確如此。可是，情節描述涵括不了這一章的精華──人情。

　　第三部分第十章講述革命法庭詳細審理曼內特醫生被拘禁十五年一案，從中勾出一連串舊事──包括達爾內叔父原來就是陷害曼內特醫生的貴族。這件事賦曼內特醫生以光環（當年因救人而開罪貴族被幽禁），卻同時確定了達爾內非死不可──他的家族罪孽深重。

　　曼內特醫生為此悲慟不已，難過得要跪下來向女婿達爾內致歉。且看狄更斯如何處理判刑後幾個主要角色的反應。宣判後，達爾內被帶走時：

> 　　「我的丈夫。不！再待一會兒！」他已在戀戀不捨地離開她。「我倆分手不會久的。我感到這事不久就會使我心碎而死，但只要我還能行，我便要履行我的職責，等到我離開女兒的時候上帝已經培養出了她的朋友，為了我上帝就曾這樣做過。」
>
> 　　她的父親已跟了上來。他幾乎要在兩人面前跪下，但是達

爾內伸出一隻手拉住了他，叫道：「不，不！你做過什麼？你做過什麼？為什麼要向我們跪下？我們現在才明白了你那時的鬥爭有多麼痛苦（按：指獨自守住了達爾內叔父是醫生仇人一事）。我們現在才明白了在你懷疑、而且知道了我的家世時受了多大的折磨。現在我才明白了你為她的緣故跟發自天性的憎惡作了多少年鬥爭，並且克服了它。我們用整個的心、全部的愛和孝順感謝你。願上天保佑你！」

　　她父親的唯一回答是雙手插進滿頭白髮，絞着頭髮發出慘叫。

從上述引文可見，曼內特醫生想及的是當下（他自責救不了女婿），而達爾內想及的是從前，感謝曼內特醫生對他的包容，接納他（身為仇人的姪兒）做女婿，沒有將上一代的恩怨殃及下一代。狄更斯筆下，將死的達爾內沒有沉浸於個人哀傷之中，聞判後第一時間要表達的，是對醫生岳丈偉大人格的敬服。醫生與達爾內，都爭着為對方着想，都為對方而傷感，把對方看得比自己重要。至於他對妻子的說話如下：

　　「不可能有別的結果的，」囚徒（達爾內）說。「目前的結局是各種因素造成的，是命定的。……那樣的罪惡（按：指叔父及父親犯下的諸般惡行）絕對產生不了善果，就其本質而言，那樣不幸的開頭是不可能產生什麼幸運的結尾的。不要難過，原諒我吧！上天保佑你！」

　　他被帶走了。

讀過小說的讀者都知道，達爾內最終都沒有被推上斷頭台。然而，有人代達爾內赴死是一回事，在狄更斯筆下，達爾內沒有貪生苟且又是另一回事。不止此，他更豁然面對命運，藉以減輕岳父及妻子的情感包袱。

　　《雙城記》要讀足本才算數，原因是當中有無從簡化的細節與人情。

屠格涅夫

（Ivan Turgenev，1818－1883）

卓越的俄國知識份子

　　俄國小說家、詩人和劇作家，生於俄國奧廖爾，十九世紀俄國
批判現實主義的代表作家。主要作品有長篇小說《羅亭》、《貴族之
家》、《前夜》、《父與子》、《處女地》；中篇小說《阿霞》、《初戀》
等。其作品經常揭露和批判不人道的社會制度，讚美和頌揚具有善
良、勇敢、堅韌等高尚品德的人。

網上資料不可盡信

中學中國語文學習參考篇章（初中階段）選了屠格涅夫的《麻雀》，此文於 1978 年已是中學中國語文科課程綱要內的建議篇目。而 2001 年編修的教統局的參考篇目，於出版資料一欄並無註明可採用哪一個譯本，於是今時今日，我相信大部分人都會上網查找，而網上《麻雀》的譯本確實易求，版本起碼有三四個。

在此特別提醒大家，《麻雀》全文連標點也不過五百字，把不同版本的翻譯對照，高下分別的差異是存在的，卻不至於有版本誤譯文意。而最大的錯誤，出在對資料來源的描述。進入不少於四個教育網站，發現全部都說《麻雀》一文選自寫於 1847 至 1851 年、出版於 1852 年的《獵人筆記》，持類似說法的還包括一些教師教案。

這說法看來是網上的以訛傳訛。有人說了一次，引用者沒有查證便沿用，透過互聯網複製，便大量產生「《麻雀》一文選自《獵人筆記》」的說法。

手邊的一套《屠格涅夫文集》是 2001 年北京人民文學出版社編印的六卷本。文集第一卷即為《獵人筆記》，譯者是豐子愷。而這個譯本所據者，是蘇聯國家文學出版社 1954 年出版的《屠格涅夫十二卷集》的第一卷全譯本。依此版本，《獵人筆記》

共包括廿五篇特寫，《麻雀》不在廿五篇之內。

參考北京人民文學出版社的版本，由巴金翻譯的《麻雀》，收在第六卷《散文詩、文論、回憶錄》內〈散文詩〉名下，篇末註明寫於 1878 年 4 月。屠格涅夫逝世前五年，即 1878 至 1882 年間，寫了八十多篇散文詩，北京人民文學出版社此版本選收了五十二篇，分別由巴金及盧永翻譯。

總括而言，主要有以下幾點提醒習慣從網上找資料的讀者朋友：

首先，《麻雀》並不是《獵人筆記》系列文章的其中一篇。大概《麻雀》內有獵人、有獵狗，便被誤為屬同一批作品。

其次，《麻雀》如要在文體上歸類，一般定為散文詩。

其三，《獵人筆記》是散文筆調的小故事，廿五篇作品於文體上接近散文、小說多於是散文詩。《麻雀》雖然也有小故事（準確地說，是有一樁「事件」），卻是「濃縮」的寫法，與介乎散文與小說之間的《獵人筆記》大不相同。《獵人筆記》是開展式的描繪，文章內的故事、人物，乃至風景都有不同於散文詩的壓縮筆調。

仍然不太明白嗎？不要緊，讓我們讀一次《麻雀》、《獵人筆記》內的《車輪子響》，就會明白兩者的分別何在。《麻雀》以巴金翻譯為據，《獵人筆記》以豐子愷的翻譯為準。至於想正式選讀一篇屠格涅夫的小說，那就一定不要錯過《木木》，譯者仍選巴金。

二 像一塊石子

屠格涅夫的《麻雀》是散文詩，現存的三至四個譯本當中，本文以巴金翻譯的版本為據。茲把重要段落摘引如下：

> 我打獵回來，在園中林蔭路走着。狗在我前面跑。
>
> 牠突然放慢腳步，輕輕走過去，好像嗅到了野物似的。
>
> 我順着林蔭路望去，看見一隻嘴邊還帶黃色、頭上生柔毛的小麻雀。牠從巢裏掉下來（風猛烈地搖着林蔭路上的白楊樹），呆呆地坐在地上，無力地拍着牠的柔嫩的小翅膀。
>
> 我的狗慢慢地走近牠，忽然從近旁的樹上飛下一隻黑胸脯的老麻雀，像一塊石子似的落在狗的鼻子跟前——牠全身的毛豎起來，身子扭成了怪樣，牠帶着絕望而可憐的叫聲，兩次跳到那露出利齒、大張開的嘴邊去。
>
> 牠是飛下去救護的，牠以自己的身軀庇護牠的幼兒……可是牠的小小身體因為恐懼顫抖起來，牠的小小的聲音也變成了粗暴，並且嘶啞了，牠昏了，牠是在犧牲牠自己！
>
> 在牠看來，狗一定是個多麼龐大的怪物吧！可是牠還是不能夠坐在牠那高而安全的樹枝上……一種比自己的意志更強的力量把牠從上面推了下來。
>
> 我的特列左爾站住了，後退了……顯然牠也感到了這種

力量。

　　我連忙喚住這隻有些驚惶的狗——我帶着尊敬地走開了。

　　讀畢可會覺得篇幅雖短，卻內容豐富，餘韻綿延。

　　就給你五百字字限，寫一篇有故事、有心意、有深思的散文，你認為難嗎？文章的分析欣賞，口講無憑，必須以文本閱讀來印證。上文提及散文詩是濃縮、壓縮式的寫法，讀了引文該感覺到一二。

　　有沒有留意屠格涅夫如何描寫衝向「大」狗的「小」老麻雀？作者很形象化地寫道：「像一塊石子」。石子既小且硬，飛墜不同於羽毛，是直線的重墜；那如石的硬度、飛墜，就是麻雀決心犧牲自己救護幼兒、本該看不見的、抽象的決志。石子的形象在說話。

　　老麻雀即使下了拚死之心，可是與獵狗大小有別，強弱懸殊，於是牠的俯衝要一擊即中，也因而必須拉緊神經靜待最有殺傷力的時刻：狗兒「逼近」——以上這些，都是我的補充、拉開鋪陳，《麻雀》文內沒有詳細交代；文中只寫了狗兒一面的行動，和老麻雀衝下去的一瞬。可是，即使作者沒有寫明寫白，讀者卻不難感受、想像老麻雀的「事前」動靜：那一份在枝頭盤踞俯視、伺機出擊的冷靜堅決。

　　《麻雀》是散文詩，文章寫來情意濃縮如詩，文字在寫與不用寫之間交織張力；不是詩，卻充滿詩壓縮式的意趣。

　　最後補充一句，文體的辨識劃分，旨在方便讀與寫雙方掌

握文學作品的效果，知道大原則便行，不必拘泥。而且文體之間有時存在交集的共存地帶，並不是非此即彼的截然二分。就像接下去要談的《獵人筆記》，讀之有時像散文，有時像短篇小說，大致可判歸為小說化的散文（筆記），寫作者存心「紀實」。

動物的感覺

屠格涅夫的《麻雀》除了老麻雀寫得傳神，我還留心他只勾勒了幾筆的那隻「大」狗。只怪這隻獵狗與麻雀相比委實太龐大了，老麻雀護兒意決，「兩次跳到那露出利齒、大張開的嘴邊去」。在讀者看來，獵狗未露凶相，走過去只為好奇，疑心有野物在附近。獵狗之「可怖」，是老麻雀的「視物角度」。

獵狗在主人叫喚下退了下去。屠格涅夫對獵狗有如下一筆：「……顯然牠也感到了這種力量」。老麻雀衝下來的敵意及決心，連獵狗都感覺到了。

屠格涅夫自二十三至三十三歲（1841 至 1852 年）十年間都在斯帕斯科耶的莊園度過，他背起槍枝，走遍窮鄉僻壤的角落，親身認識了不同階層、不同遭遇的農奴。而長期親近大自然及經常狩獵，令自然景觀及動物在他筆下栩栩如生，幾筆勾勒便形神俱現。除了《麻雀》內的老麻雀及獵狗，收在《獵人筆記》內的《車輪子響》也有寫動物的片段，此次他寫馬。

小故事寫「我」要到另一小鎮購買打獵用的散彈，車行中「我」任一位叫非落非的當地車夫領路，自己躲在車內小休。誰知一睡便過了頭，醒來時天已昏暗。這也罷了，最叫「我」赫然一驚的，是發現車行河水中央。馬車原定要經過淺灘，卻走

錯路，誤入小河。河床愈踩愈深，人馬隨時沒頂。且看屠格涅夫如何生動地描寫這場景：

多麼奇怪！我照舊躺在馬車裏，但是馬車的周圍，……有一片水映着月光，……再前面，在潺潺的流水上面，望得見彎曲的軛木、馬的頭和背脊。一切都凝滯不動，鴉雀無聲，彷彿在魔法的國土中，在夢中，在神奇的夢中。……原來我們正在河水中央，……河岸離開我們約有三十步。

「非落非！」我叫了一聲。

「幹什麼？」他回答。

「還說『幹什麼？』得啦吧！我們到底在哪裏啊？」

「在河裏。」

……

「我稍微弄錯了一點，」我的車夫說，「大概太偏了一點，走錯了路，現在要等一下了。」

「怎麼叫做『要等一下了！』我們等什麼呢？」

「讓這粗毛馬辨認一下。牠轉向哪兒，我們就該往哪兒走。」

我在乾草上坐起來。轅馬的頭在水面上一動不動。在明亮的月光底下，只能看見牠的一隻耳朵微微地動着 —— 有時向後，有時向前。

「牠也睡着了，你的粗毛馬！」

「不，」非落非回答，「牠在那裏嗅水。」……

忽然轅馬的頭搖動了，耳朵豎起來了，牠打起響鼻來，開

始行動。

　　「嗬—嗬—嗬！」非落非突然扯着嗓子大叫起來，他挺起身子，揮動馬鞭。馬立刻離開了那地方，牠橫斷了河水的波浪向前猛力一衝，搖搖擺擺地開動了。……起初我覺得我們在沉下去了，開到深的地方去了，但是經過了兩三次衝撞和陷落之後，水面彷彿突然低下去。……於是，那些馬攪起激烈而粗大的水沫來，……牠們愉快地、協力地把我們拉到了沙岸上，……。

　　當人已迷路，甚至有沒頂之虞，有經驗的馬夫會依靠馬的本能，例如放任牠「嗅水」，嗅出水流深淺和方向。

　　順便補充一句，把《麻雀》的引文與《獵人筆記》內的《車輪子響》選段對比，當可讀出兩者在文字風格上的分別。《車輪子響》是散文式的拉開鋪陳，多用對話之餘，對人、對景、對物有更仔細的交代。

作有限度改革前的俄國

《獵人筆記》寫於 1847 至 1851 年間，出版於 1852 年。十九世紀上半葉的俄國貧富懸殊，整個國家也落後壓抑；而這階段，正正是屠格涅夫的成長期。

把歷史時鐘的指針再往回撥，早在十八世紀初，俄國在彼得大帝統治下曾向西歐取經，彼得大帝出訪西歐，回國後營建了具西方風格的聖彼得堡，更建設海軍、商船隊，在教育、曆法、服飾，乃至政府組織方面都師法西方。繼位的女皇喀德琳二世也主張「開明專制」。可是 1789 年法國革命後，拿破崙入侵俄國，稍為開放的風氣驟改。亞歷山大一世繼位後，懼怕西歐的自由主義氣氛蔓延俄國，對國內加強掛制。之後的尼古拉一世也懼怕各地的革命浪潮席捲俄國（1830 年波蘭爆發反俄運動、1832 年非洲殖民地發生反法抵抗運動），在位其間封閉訊息，不與西歐國家往來。此外更於國內設立秘密警察，對批評時弊、關懷農奴貧民的貴族知識份子 —— 如屠格涅夫 —— 以秘密警察跟蹤監視。尼古拉一世知道國家九成是農民，任內農奴叛亂有幾百次之多，他知道落後的農奴制度是叛亂的根源，是要改革一下的。可是他的決心不大，只把改革拘圍於不衝擊貴族利益的範圍內。

《獵人筆記》寫於尼古拉一世在位其間。廿五篇文章立場溫和，卻仍然因而開罪沙皇。當中的《白淨的草原》、《歌手》、《車輪子響》等更只是鄉郊生活寫照，沒有激昂的煽動性。讀者透過《霍里和卡利內奇》、《葉爾莫萊和磨坊主婦》、《莓泉》、《利哥夫》、《孤狼》等篇章讀到的，是屠格涅夫對農奴含蓄厚重的同情。他久居鄉間，深知農奴貧農最可哀的，不只是皮肉之勞、忍飢捱餓之苦，還有一個人（不幸倖存）人格人性被深層地扭曲戕害。一般農奴都活得沒有自主、毫無尊嚴，而且沒有力量自知自省。屠格涅夫看人看得很透切。

　　別被「揭示農民疾苦」之類的字眼嚇退，屠格涅夫的《獵人筆記》寫來筆觸溫婉，一如眾多的經典文學，作者透過人的故事寫人。故事中給寫活了的，是人，人的處境。

　　1855 至 1881 年亞歷山大二世繼位，他的改革決心比尼古拉大，對俄國的改革甚至包括廢除農奴制。可惜，改革成效不大，農民的處境未見改善，社會矛盾依舊嚴峻，亞歷山大二世也於 1881 年遇刺身亡。此後，繼任沙皇終止改革，再次實行高壓政策。直至 1905 年、1917 年兩場更大型的革命爆發為止。

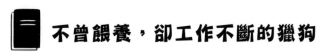

不曾餵養，卻工作不斷的獵狗

屠格涅夫《獵人筆記》之《葉爾莫萊和磨坊主婦》內有一隻「非常重要」的獵狗瓦列特卡，且看作者如何寫牠。至於文中的葉爾莫萊，是個舊式地主的家僕，也是瓦列特卡的主人。葉爾莫萊經常陪「我」四出狩獵，在《獵人筆記》內不時出現。現在先看狗：

> 他（按：指葉爾莫萊）還有一條獵狗，名叫瓦列特卡，是一個妙不可言的家伙。葉爾莫萊從來不餵牠。「我才不餵狗呢，」他發表議論，「況且狗是聰明的畜牲，自己會找吃的。」果然，瓦列特卡的過分的瘦瘠雖然使得不相干的過路人看了也會吃驚，但牠照樣活着，而且活得很久；不管牠的境遇如何不幸，牠卻從來沒有一次逃走過，也從來沒有表示過想離棄牠的主人的意思。只是牠年輕時有一回為戀愛所迷惑，出走過兩天；但是這種傻氣不久就消失了。瓦列特卡最優秀的特性是，牠對世間一切事物的不可思議的冷淡……如果現在講的不是狗，那麼我將用「悲觀」這樣的字眼來形容牠。牠通常把短尾巴壓在身子下面坐着，蹙着眉頭，身體時時顫抖，而且從來不笑（大家都知道，狗是會笑的，而且笑得很可愛。）牠長得醜極了，空閒的僕役只要一有機會，就惡毒地嘲笑牠的相貌；但是對於這一切嘲笑甚至毆打，瓦列特卡都用可驚的冷漠來忍受。當牠……把忍飢捱餓的嘴臉伸

進暖香逼人的廚房的半開的門裏去的時候，廚子馬上放下工作，大聲叫罵着追趕牠，這給廚子們帶來特別的快樂。在出獵的時候，牠的特點是不知疲勞，……但是，如果偶然追到一隻被打傷的兔子，牠就遠遠地避開那個用一切聽得懂和聽不懂的方言土語怒罵着的葉爾莫萊，在綠色灌木叢下陰涼的地方津津有味地把牠吃得一根骨頭都不剩。

文章題材的塑造無疑都經過藝術提升，然而《獵人筆記》是紀實為主的筆記，不以虛構為依歸。相信可憐的瓦列特卡是真有其狗，而且情況普遍，不是為寓意而創作的象徵（小說《木木》內的小狗木木則有象徵意味）。十九世紀的俄國，大概真實生活就荒誕得有超現實味道，一如拉美的魔幻現實。

屠格涅夫把不用餵養，卻不斷工作的瓦列特卡寫入文章，會不會是「這種生存狀況」很堪玩味。葉爾莫萊不是也活得很瓦列特卡嗎？他的主人不給他任何生計，卻可以隨時橫加苛索：

　　主人命令葉爾莫萊每月送兩對松雞和鷓鴣到主人的廚房裏，卻不管他住在什麼地方，靠什麼生活。人們都不要他幫忙，把他看作一個什麼究都幹不了的人……火藥和散彈當然都不發給他，這是完全仿照他不餵他的狗的規律。

作者含蓄地寫了，那是個人與狗沒有什麼分別的年代。

屠格涅夫的《獵人筆記》下筆舉重若輕，故事性強，很值得一讀。

不被愛的人不懂愛

屠格涅夫《獵人筆記》內的《霍里和卡利內奇》也有兩個葉爾莫萊型的人物——過着獵狗瓦列特卡式生活的農奴。

《霍里和卡利內奇》內的霍里和卡利內奇都是農奴,前者行代役租制,後者行勞役租制。代役租制的奴僕為貴族耕作,貴族什麼也不出,只出地,按時收租;倘使貴族路過,要什麼便取什麼,更可苛索田產之外的食物及用具。至於勞役租制不用納租,卻需要長期、任何時候也無償勞動,你「適合」做什麼工作,由他決定。兩種奴隸都必須自給自足,服僕役,提供貴族生活所需,卻無薪可支。《利哥夫》內一個給寫得很活的角色——光腳蓬頭、衣衫襤褸的蘇喬克,也是類似的無償家僕。這個忍餓捱飢的老漁夫,要定時送肥美鮮魚給主人。主人當然不會顧慮你有沒有能力完成任務。

《霍里和卡利內奇》的霍里混得比卡利內奇好;弔詭在於卡利內奇比霍里有更多本事,他懂得唸咒、除蟲、養蜜蜂,尤其善於忠誠地服侍主人狩獵。

第二天,我們喝過了茶,馬上又出發打獵。經過村裏的時候,波盧特金先生吩咐馬車夫在一所低矮的農舍旁邊停下,大聲叫喚:「卡利內奇!」「馬上就來,老爺,馬上就來,」院子裏傳

出回音,「我在穿鞋呢。」我們的車子就慢慢地走了;出了村子以後,一個四十歲左右的人趕上了我們,他身材又高又瘦,小腦袋向後仰着。這就是卡利內奇。他那和善的、黝黑的、有幾點麻斑的臉,使我一見就喜歡。卡利內奇(我後來才知道)每天陪主人去打獵,替他背獵袋,有時還背槍,偵察鳥兒在哪裏,取水,採草莓,搭棚,跟着馬車跑;沒有了他,波盧特金先生寸步難行。……這一天他幾次同我談話,伺候我的時候毫無低三下四的態度;可是他照顧主人卻像照顧小孩一樣。……

「卡利內奇是一個善良的莊稼漢,」波盧特金先生對我說,「一個勤懇而殷勤的莊稼漢;但是他不能夠好好地務農,因為我老是拖着他。他每天陪我去打獵……怎麼還能務農呢,您想。」我同意他的話,……。

卡利內奇活得卑微、刻苦,像樣的鞋也沒一對,卻要跟貴族主人通山跑狩獵。農奴制度本身就是「瓦列特卡式」的「魔幻現實」—— 不給吃,卻可以不斷苛索。自體力勞動乃至貴族的饕餮大嚼,都由農奴供奉。

狗與農奴的意義在《獵人筆記》內巧妙地互相生發 —— 不被尊重、愛護的人也不懂得愛人、愛狗。在《葉爾莫萊和磨坊主婦》篇內,葉爾莫萊對瓦列特卡刻薄寡恩,對妻子也如此:

> 他也有過老婆。……她住在一所破舊的、半倒塌的小屋裏,勉勉強強地過着艱難的日子,從來不曉得明天能不能吃

飽，⋯⋯葉爾莫萊這個無憂無慮的、好心腸的人，對待她卻殘酷而粗暴，⋯⋯他那可憐的妻子不知道怎樣去討好他，看到丈夫的眼色就發抖，常常拿出最後一個戈比來替他買酒，⋯⋯

屠格涅夫沒有把農奴的內心簡單化，霍里與卡利內奇同屬農奴，相處卻存在隔閡。不被愛的人不懂愛 —— 作為人，這是農奴制度必須廢除的主因，它把人扭曲了。

圍篝火夜話

屠格涅夫《獵人筆記》寫讓人同情的事情，也寫讓人怡然的鄉間故事。《白淨的草原》、《歌手》、《車輪子響》等都是鄉間生活寫照。

描繪田園風光是屠格涅夫拿手之作，《白淨的草原》開首花了不少篇幅寫「我」在小樹林、山谷、丘陵之間暈頭轉向，當中寫景、敘事的功力淋漓發揮。「我」迷途之際，正愁漫漫長夜如何度過，卻在白淨的一片草原上發現一堆篝火及幾個長長的人影。長人影原來是五個看守馬群的農家小孩（當中一個可能是貪玩的小貴族）。炎炎夏日，當地人習慣在夜間才將馬趕到田野裏吃草。白天太多蒼蠅和牛虻，馬不得安寧。

「我」帶同獵狗驟至，是不速之客。且看作者如何帶幽默感地寫狗。他特別擅寫狗，每篇狗角色都姿態鮮活、各具個性：

> 孩子們圍繞火堆坐着；曾經想吃掉我的那兩隻狗也坐在這裏。牠們對於我的在場，很久不能容忍，瞌睡矇矓地瞇着眼睛，斜望着火堆，有時帶着極度的自尊心嗥叫；起初是嗥叫，後來略帶哀鳴，彷彿惋惜自己的願望不能實現。

「我」在篝火堆附近的小樹下躺臥休息，心卻飛到小孩堆

裏，不但記住了他們的名字，也偷聽（何嘗不是「靜聽」）他們不亦樂乎的暢談 —— 繪聲繪影的怪異奇聞。當中以葉爾米爾一則最有怪談氣氛：

> 發生了這麼一回事。費佳，你也許不知道，我們那個地方葬着一個淹死的人。……就在前幾天，管家把管獵狗的葉爾米爾叫來，對他說：「到郵局去一趟。」……狗在他（葉爾米爾）手裏不知怎的都活不長，簡直從來沒有養活過……葉爾米爾騎馬去取郵件，不過他在城裏耽擱了一些時間，回來的時候已經喝醉了。這天夜裏很亮，月亮照得明晃晃的……葉爾米爾就騎着馬經過堤堰……看見那個淹死的人的墳上有一隻小綿羊在那兒走來走去，長着一身白色的鬈毛……他就下了馬，把牠抱起來……葉爾米爾就走到馬前，可是馬一看見他就直瞪眼，打着響鼻，搖着頭；可是他把牠喝住了，帶着小綿羊騎到牠身上，繼續向前走。他把羊放在自己面前。他對牠看，那隻羊也直盯着他的眼睛望。管獵狗的害怕起來，他說，我從來不曾見過羊這樣盯住人看；……他就撫摩牠的毛，嘴裏說着：「咩，咩！」那隻羊忽然露出牙齒，也向他叫：「咩，咩……」

> 講故事的人還沒有說完這最後一句話，突然兩隻狗同時站起來，拚命地吠叫着，從火邊衝出去，消失在黑暗中。孩子們都害怕得要命。

故事中的故事戛然給狗吠打斷了，文章內沒有交代後事如

何。小孩子平靜下來後，又喜孜孜地開始另一個聽回來的，或號稱親歷的怪故事。

《獵人筆記》是俄國不朽名著，托爾斯泰讀後曾有「難以動筆」之歎。此書令屠格涅夫開罪了沙皇，被流放家鄉監管十八個月。

小說兩大成績：農奴與零餘者

　　屠格涅夫的《木木》（1854 年）與《獵人筆記》（1852 年）同期寫作，只是發表時間較後而已，可以視為《獵人筆記》的小說版，讓他對農奴題材作更有感染力的藝術提升。1860 年前後的俄國，九成以上人口居住在農村，當中需要交田租、納重稅的自由農民約佔一半，另一半是處境比自由農民更不堪的農奴。《木木》為作者早期短篇小說中的名篇。

　　《木木》之後，屠格涅夫的小說轉入另一階段，寫下六部長篇，依寫作年份排序，分別是《羅亭》（1856 年）、《貴族之家》（1859 年）、《前夜》（1860 年）、《父與子》（1862 年）和《煙》（1867 年）。這批小說轉以俄國貴族知識份子為描寫對象，對當中部分人缺乏毅力、意志薄弱、徒具理想、空餘濃烈的苦悶情懷等特徵予以細緻、抒情、深刻的勾勒。屠格涅夫一個中篇《零餘者的日記》寫的就是這類人，「零餘者」這個名詞於小說刊出後流行於俄國文壇。中國現代作家郁達夫既受屠格涅夫影響，也因 1920 年代的中國國情、年輕知識份子的心情與俄國「零餘者」有共通處，於是郁達夫的小說也多「零餘者」類型的人物形象。

　　成功刻劃農奴和知識份子階層的「零餘者」，是屠格涅夫小

說的最大成就。

此次幾篇短文只取一端，集中介紹他的農奴題材。

《木木》內的女主人是個刻薄、情緒化的老寡婦，一般認為這角色脫胎自作者母親。屠格涅夫的母親是個家財萬貫、坐擁幾千農奴的女地主。她的性格怪僻、殘酷任性，整個莊園都籠罩在她的淫威之下。屠格涅夫從小目睹母親對農奴專橫殘暴，多次和母親發生衝突。故事講述貴族老寡婦有一個叫格拉西姆的聾啞家奴。此人本來是個農夫，身材魁梧，力氣大。可是女主人忽然把他帶到城市，派他守門口及打掃庭園。孔武有力的格拉西姆對整天拿着掃帚掃塵埃木屑很感鬱悶，而心儀的洗衣女工又被女主人許配予一個沒出息的酒鬼，他傷心失意之際遇上木木——一隻可愛斯文的雌性小狗，開開心心地養了一年多，以為人生至此無憾。誰知女主人看中小狗，小狗卻不識抬舉沒有領受女主人的恩寵（女主人要抱她，牠發抖、作勢要咬過去），最後被女主人逼着送走。小狗幾經艱苦回「家」找格拉西姆，秘密地又養了一陣子，最終仍被女主人發現（女主人稱自己被狗吠聲嚇病了，並急召醫生）。事情鬧大，結局無可挽救，格拉西姆狠心親手淹死相依為命、忠誠可愛的木木，之後憤然捲起鋪蓋離開女主人，重歸田園。

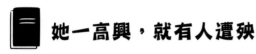

她一高興，就有人遭殃

幾次也談農奴，換換口味，此次談貴族。

有一種貴族地主很強勢，好打人，也好「修理」農奴 ——當然不用他親自出手；另有一種卻非常「虛弱」，一如《木木》中的貴族老寡婦。她不打人，可是只要她一高興，自然有人大禍臨頭。

當木木已被收養了一年多，格拉西姆也很滿意自己命運的某天⋯⋯

> 在夏天裏一個天氣晴朗的日子⋯⋯她（按：指太太）的興致很好，她在笑，又在講笑話；寄食女人們也在笑，也在講笑話，不過她們並不覺得特別快樂：宅子裏的人並不太喜歡看見太太高興，因為在那個時候，第一，她要所有的人立刻而且完全跟她一樣地高興，要是某一個人的臉上沒有露出喜色，她就要發脾氣；第二，這種突然的高興是不會持久的，通常總是接著就變成一種陰鬱不快的心情。

事情發展沒有超乎各人預料，確向壞方向發展。女主人在雀躍高興的一刻偶然望向窗外，她發現了非常漂亮、也非常不識抬舉的木木。木木的命運以至太太的興致，由木木被「捉」到屋內的一刻驟然轉壞。太太的心情由晴轉雷雨。

以下一段傳神地寫活了霸道貴夫人的微妙心態。當時，木木逃回格拉西姆身邊一事被識破，貴夫人說自己被木木的吠聲「嚇病」。

　　「柳博芙·柳比莫夫娜，」她用了又輕又弱的聲音說；她有時候喜歡裝作一個受壓迫的、無依無靠的苦命人的樣子；不用說，在那種時候宅子裏所有人都感到不安了，「……你看看我處在什麼樣的境地；我的親人，你到加夫里拉·安得烈伊奇（按：是管家）那兒去，跟他講一下：難道在他眼裏一條惡狗都比他女主人的安寧，他女主人的性命寶貴嗎？我不願意相信這個，」她又露出感動的表情添上了後面的一句話。……

　　從小說的上文下理可以讀得出 —— 貴夫人有氣無力的怨命，比狠罵來得更有壓迫感。木木於是非死不可。到狗死了，格拉西姆也憤然上路後，貴夫人情況如下：

　　可是在莫斯科，格拉西姆逃走的第二天，他們才發現他不見了。……加夫里拉來了，看了一看，聳一聳肩膀，便斷定那個啞巴不是逃走，就是跟他那條愚蠢的狗一塊兒投河自盡了。他們通知了警察，也報告了太太。太太動了怒，氣得哭起來，吩咐他們無論如何要把他找到，並且聲明，她從沒有命令他們把那條狗弄死，到後來加夫里拉讓她罵得沒有辦法，整天只是搖着頭……

　　女主人某天大樂大喜，就白白賠上了兩條性命，一人一狗；木木是真死，格拉西姆是心死。

莫泊桑

（Guy de Maupassant，1850－1893）

法國短篇小說之王

　　法國作家，生於法國上諾曼府濱海塞納省。莫泊桑和老師福樓拜同屬十九世紀法國後期現實主義文學的代表人物，並與俄國作家契訶夫、美國作家歐‧亨利齊名，被譽為「世界三大短篇小説之王」。其作品以短篇小説為主，包括《月光》、《羊脂球》、《項鏈》、《我的叔叔于勒》等；長篇小説有《一生》、《皮埃爾與若望》、《我們的心》等。

二 導賞材料俯拾皆是

　　莫泊桑是法國短篇小說大師。其短篇《項鏈》（也譯作《首飾》）不但被教統局選為推薦範文，在中國大陸也是中學生指定閱讀的名篇之一。於是要找莫泊桑以及《項鏈》的資料一點也不難，寫此稿時隨便在網上轉了個圈，即找到七八個《項鏈》賞析教案，有的更以簡報製作，導賞材料俯拾皆是。

　　莫泊桑開始寫小說時托爾斯泰及福樓拜還健在，莫泊桑拜福樓拜為師，心儀俄國小說大家托爾斯泰，三人都被後來者劃歸「寫實主義」旌旄之下。這類小說的共通處，一般認為是下筆冷靜，用字準確，要求文字描寫傳真寫實。相對於後來略去甚至歪寫外在現實、專寫人物內心的「現代主義」作品，「寫實小說」經常被曲解為只重「外在真實」。

　　非常失禮，筆者讀大學初年竟就有如上的誤解。當時追潮流，多讀已進入「反小說」階段的當代小說，對外國傳統經典只以「概論」來填補文學知識上的空白。及後，被訓誡必須精讀原著，遂惡補若干大部頭的寫實經典，如《戰爭與和平》、《復活》等。雖然，直到今日，革命尚未成功，仍需補讀的巨著多得很；只是，即使如此，收穫卻已出乎意料地豐富。古今對照，讓我更加明白傳統寫實小說與現、當代小說之間有何分

別，以及它們如何異中有同。

所「同」者，是「寫實小說」原來也非常重視人物的內心表現！

文學，尤其是小說，壓根兒就是寫人，沒有「人」、沒有「內心」，小說根本難以「成功」，不管作品屬於什麼流派。而十八、十九世紀的寫實小說與後來現、當代小說的分別，是兩批作家呈現「人物內心」的態度及方式有所不同而已。

翻閱《項鏈》教學用的導賞教案，大多能點出《項鏈》風格寫實，敘事與寫人下筆冷靜，令人物變化「有跡可尋」。

常感寫小說十多年的好處，是令我讀小說時較一般人敏感，可能會發現一些有趣的點子。

◨ 屬於角色的一套道理

　　不少評論都指出莫泊桑的《項鏈》「下筆冷靜」、用字及描寫精準簡潔。把這評語說得更清楚些，意即作者莫泊桑沒有跳出來對角色的行為指指點點，只是安靜地讓角色演戲，任一幕幕故事情節去說話。譬如，讀者可以透過「觀演」，追蹤女主角「哪一步走錯了」、「哪一步走得對」，從而自行判斷小說說了些什麼。傳統的寫實小說確是透過故事、前因後果緊扣的情節，以及把情節「表演／表現」出來的人物來說話。

　　我基本上同意一般論者對《項鏈》藝術特色的判斷。

　　然而，我即時會想起卡夫卡的《變形記》，以及伍爾夫的《牆上的污點》等現代主義大潮下的「現代小說」，並對比它們與《項鏈》的分別。《變形記》裏的一家人，以及甲蟲由身及心的微妙變化，卡夫卡何嘗不是也「下筆冷靜」。至於伍爾夫筆下的人物雖然都帶點神經質，卻不能不承認都「描寫精準」——伍爾夫是「精準」地去寫（心理）「亂象」。

　　假如我是個閱讀量不多，未足以憑對比建立鑒賞系統的普通讀者，而且只是略讀過莫泊桑、卡夫卡、伍爾夫三位作者一兩篇小說，則單憑「下筆冷靜」、「描寫精準、細緻」等字眼，實難以分辨三位作者的作品有何不同。而我，確有過類似的疑

惑；直至小說的閱讀量略為累積，反覆印證下才感受到三者的分別。

凡藝術水平高的好小說，不管它屬於什麼主義什麼流派，必然具備上佳的文字功力；因此，「下筆冷靜」、「描寫精準、細緻」，幾乎都適用於任何優秀作品。

而多讀現代小說，以至今天的當代小說，會發現現、當代小說大多揭示人性的陰暗面，而且是失序、迷茫、沒有出路、苦悶的一面。在敘述過程中，它們對人性偏向於「呈現」多於是有所明瞭的「解釋」。

至於寫實小說，如《項鏈》裏的女主角羅瓦賽爾太太，她也有「陰暗面」，例如虛榮心重並充滿慾望，可是在莫泊桑筆下，他不止「呈現」，還嘗試「解釋」。莫泊桑為角色的行為設下一套「大道理」，用來「解釋」人物因何會難逃災厄（下文舉例）。這就是現實主義作家莫泊桑與現代主義作家伍爾夫的分別。

至於跟伍爾夫同屬現代主義的卡夫卡，則以寫實框架荒誕。人變甲蟲固然荒誕失序，可是甲蟲的一舉一動以至情緒變化，背後都有一套非常「寫實」的「理路」；卡夫卡與伍爾夫於時代精神上同屬「現代派」，只是於小說的藝術寫作上，他倆有不同路數。

有道理，一切就有合理性

　　莫泊桑《項鏈》內的女主角羅瓦賽爾太太之所以讓人覺得作者下筆中立，固然是因為作者沒有跳出來在字裏行間評點人物的行為，我認為更主要的原因是作者為人物的行為嘗試建立一套道理——托爾斯泰的小說也如此，每一個角色都有一套道理，自成一個世界。

　　《項鏈》的故事主幹是男主角羅瓦賽爾為了令太太開心，千方百計弄來一張宴會請柬，讓從未出席過宴會的太太享受宴饗交際的樂趣。誰知太太先是埋怨沒有漂亮衣服，及後又嫌沒有首飾佩戴而多多怨言。結果，羅瓦賽爾太太向朋友借來鑽石項鏈出席宴會，盡興而返。可惜宴會結束，項鏈卻丟失了。夫婦倆被迫舉債另買一條代替物充作原物璧還，並花了十年時間還債。結局是十年後羅瓦賽爾太太與借她項鏈的太太街上重遇，羅瓦賽爾太太至此才驚悉，原來當天借走的項鏈是不值錢的贋品。

　　小說在讓羅瓦賽爾太太開始「演戲」之前，先不寫羅瓦賽爾太太「此人」的「個人」情況如何如何，卻拉開泛寫「某類人」會怎樣怎樣，把她歸在類型之下。茲摘引如下：

> 世上有這樣的一些女子，面龐兒好，風韻也好，但被造化

安排錯了，生長在一個小職員的家庭裏。她便是其中的一個。她沒有陪嫁財產，沒有可以指望得到的遺產，沒有任何方法可以使一個有錢有地位的男子來結識她，了解她，愛她，娶她；她只好任人把她嫁給了教育部的一個小科員。

引文中的首句，「世上有這樣的一些女子，……生長在一個小職員的家庭裏」，不是直指羅瓦賽爾太太本人，是泛指「這一類人」通常會怎樣。於是羅瓦賽爾太太的諸般表現，不過是「這一類人」在「正常情況」下的一般表現。而接上述引文的一段文字，也有類似的組合：「羅瓦賽爾太太」加「這一類人」。

她（按：指羅瓦賽爾太太）沒錢打扮，因而很樸素；但是心裏非常痛苦，猶如貴族下嫁的情形；這是因為女子（按：以下開始是「泛指某一類人」）原就沒有什麼一定的階層或種族，她們的美麗、她們的嬌艷、她們的風韻就可以作為她們的出身和門第。她們中間所以有等級之分僅僅是靠了她們的天生聰明、審美的本能和腦筋的靈活，這些東西就可以使百姓家的姑娘和最高貴的命婦並駕齊驅。

這就是上文我提到的「一套道理」。因為有道理，羅瓦賽爾太太的行為便有她性格、類型下的「合理性」。這種寫法，就是讀者覺得作者沒有直接介入評價人物好壞，「下筆中立、冷靜」這感覺的來由。

卡夫卡

（Franz Kafka，1883－1924）

西方現代主義文學的先驅

　　猶裔德語小說家，生於布拉格，獲得法學博士學位後，在一家
保險公司任職，並在空餘時間寫作。卡夫卡被認為是現代派文學的
鼻祖，其作品主題曲折晦澀，語言的象徵意義很強。筆下多描繪生
活於下層的小人物，反映人們於扭曲變形的世界中的不安、孤獨與
迷惘。主要作品有小說《審判》、《城堡》、《變形記》等。

二 夢中醒來，發現自己……

要認識外國現代文學，不可不讀卡夫卡和維琴尼亞·伍爾夫。而對本地中學生而言，假如教書時間有限，我會選擇卡夫卡，尤其《變形記》，用以闡釋現代主義的某些特性。

台灣洪範出版社在 1998 年出版了由鄭樹森教授主編的盒裝小書《世界文學大師隨身讀》。一盒之內收二十本小書，共兩盒四十種。當中第三十七號小書就是卡夫卡的《變形記》，譯者為李文俊。

小書背面有卡夫卡的簡介，寫來精準扼要，當出自編者手筆，茲摘引如下：

> 卡夫卡（1883–1924），出生布拉格的猶裔德語小說大師。作品語言異常簡樸，純為白描，類似紀實新聞報道；在當日歐洲文壇的語言實驗中，別樹一幟。作品的敘述盡力避免「作者」介入，使作品的虛構世界，盡量通過主角的所觀所感，讓讀者更直接地體會。這兩個特色均見一九一六年的《變形記》。

簡介還指出卡夫卡認為自己的小說可粗分為前後期，前階段的特點見《變形記》，後一階段的小說則「都是充滿歧義的象徵世界」，代表作品如《城堡》。

對中學生而言，卡夫卡後階段的作品較生澀難懂，前階段的作品如《變形記》頗適合中四及以上程度閱讀。《變形記》雖然構思荒誕 ──「一天早晨，格里高爾‧薩姆沙從不安的睡夢中醒來，發現自己躺在床上變成了一隻巨大的甲蟲。」但下筆寫實，讀者能透過充滿細節的描寫和性格立體的人物追蹤小說的意旨。鄭樹森在另一本著作《小說地圖》內對卡夫卡有如下描述：

> 二十世紀初期，……卡夫卡……的《變形記》……雖然以現實主義的筆觸來描繪各種細節，有時甚至不厭其煩地描寫具有特定意義的指涉，但其構思是奇幻荒誕的。……
>
> ……
>
> 卡夫卡……的創作，即是那種以現實來框架荒誕，重新思考現實生活的本質與世界現象的意義的小說……。

中國現代小說於二、三十年代的名篇和卡夫卡《變形記》一類的佳作，最宜讓同學精讀。類似的作品文字用語簡樸，甚至多用白描，殊不知功力就在其中。可別以為白描很容易寫哩！由於小說細節豐富，兼之有肌理、有理路，訊息可如查案般步步追尋，不難令同學提起興趣「一起查案」──作者想說些什麼？透過什麼蛛絲馬跡來表達？而所謂精讀，無非以經典為範本，讓同學學習專注和抓細節。

二 隱痛與壓力

《變形記》講述男主角格里高爾‧薩姆沙肩負全家生活開銷，但是他突然在一天早上變成一隻甲蟲，不能說話，活動不便。父母錯愕中不能接受事實，只有妹妹一人鼓起勇氣照顧甲蟲飲食。環境驟變後，一家人各自練習獨立，過着困苦的生活。久而久之，漸漸覺得哥哥已不在人世，房間裏的甲蟲是異化外物，也是家庭的沉重負擔。幾個月下來，大家竟都希望他死。甲蟲偷聽得知，於是不吃不喝，自絕而亡。甲蟲一死，房子可以轉賣，一家人搬離原居處，快快樂樂地開始新生活。

薩姆沙由人變甲蟲，在整部約三萬五千字的小說內以甲蟲身、人心的形象出現。這個構思雖說荒誕新奇，可是單就「意念」本身，再奇幻的設想相信不少人也想得到。《變形記》之難寫，是卡夫卡如何寫得叫人「信」服。這是一種處境化的寫作，處境沒有質感就營造不出困逼感，也逼不出張力。

薩姆沙由人變甲蟲的那個早上，作者寫得很真。事情如發生在任何人身上，任何人也不會即時相信眼前事實，一定以為自己仍未睡醒，惡夢未寤。此時的薩姆沙不相信眼見的外在變形，可是身體感覺上的微妙變化卻確實存在：

> 「我出了什麼事啦？」他想。這可不是夢。……無論怎樣用

力向右轉，他仍舊滾了回來，肚子朝天。他試了至少一百次，還閉上眼睛免得看到那些拼命掙扎的腿，到後來他的腰部感到一種從未體味過的隱痛，才不得不罷休。……

「啊，天哪，」他想，「我怎麼單單挑上這麼一個累人的差使呢！長年累月到處奔波，比坐辦公室辛苦多了。再加上還有經常出門的煩惱，擔心各次火車的倒換，不定時而且低劣的飲食，而萍水相逢的人也總是些泛泛之交，不可能有深厚的交情，永遠不會變成知己朋友。……」。

已經六點半了，……鬧鐘難道沒有響過嗎？……那麼，說自己病了行不行呢？不過這將是最不愉快的事，而且也顯得很可疑，因為他服務五年以來沒有害過一次病。老闆一定會親自帶了醫藥顧問一起來，一定會責怪他的父母怎麼養出這樣懶惰的兒子，……

身體上因變為甲蟲而來的「隱痛」，薩姆沙有「合理」解釋。他的工作需要不斷出差，舟車勞頓，家庭生活也過得充滿壓力；如此這般，哪會不腰酸背痛哩？再者，他是家中經濟支柱，五年來上班從未請病假，現職老闆是父親債主，薪酬有部分用來抵債……。於是白描式的身體隱患隱含喻意及指涉，他外觀上變不變甲蟲是一回事，內在本質早被生活及工作壓力異化。

從不疏離處說疏離

　　只讀故事大綱不讀原文的讀者，大概不難猜知《變形記》談人與人之間的疏離。對。只是，要讀過小說，才知道卡夫卡是從「渴望溝通」來寫「不能溝通」，由人的互相關懷、承擔責任來寫冷漠隔閡。《變形記》與現代主義末流，那些一頭鑽進「不能溝通」與冷漠疏離、多用獨白一路的寫作有點不同。

　　就以薩姆沙的妹妹葛蕾特為例，她與甲蟲兄長的溝通失敗，並非因為不想溝通，而是因為太想溝通、發生錯摸。葛蕾特對甲蟲的關心分寸拿捏失準，令彼此由愛生恨：

　　　　不幸的是，妹妹卻有不同的看法；她已經慣於把自己看成是格里高爾事務的專家了，自然認為自己要比父母高明，這當然也有點道理（按：她決定把甲蟲兄長房間內的一切家具也搬走），所以母親的勸說只能使她決心不僅僅搬走櫃子和書桌，……而且還要搬走一切……。她作出這個決定當然不僅僅是出於孩子氣的倔強和她近來自己也沒料到的，花了艱苦代價而獲得的自信心；……另一個原因也可能是她這種年齡的少女的熱烈氣質，她們無論做什麼事總要迷在裏面，這個原因使得葛蕾特誇大哥哥環境的可怕，這樣，她就能給他做更多的事了。……

　　　　……雖然格里高爾不斷地安慰自己，說根本沒有出什

麼大不了的事，只是搬動了幾件家具，但他很快就不得不承認，……她們在搬清他房間裏的東西，把他所喜歡的一切都拿走；……他在商學院唸書時所有的作業就是在這張桌子上做的，更早的還有中學的作業，還有，對了，小學的作業——他再也顧不上體會這兩個女人的良好動機了，……

此舉逼使甲蟲不得不現身保護僅餘的家當，並與妹妹怒目相向：

> ……葛蕾特……的眼睛遇上了格里高爾從牆上射來的眼光。大概因為母親也在場的緣故，她保持住了鎮靜，……說道：「走吧，我們要不要再回起坐室待一會兒？」她的意圖格里高爾非常清楚；她是想把母親安置到安全的地方，然後再把他從牆上趕下來。好吧，讓她來試試看吧！他抓緊了他的圖片絕不退讓。他還想對準葛蕾特的臉飛撲過去呢。

人際溝通之難，不是簡單決絕的有人「不想溝通」，而是溝通涉及的複雜性。因其複雜，往往令原意扭曲、愛變成害，而這才是溝通失敗最值得深究的關鍵。卡夫卡的小說沒有把現代人溝通之難簡單化。

談《變形記》的疏離問題，不能不精讀小說的第二章。這一章細寫了家中各人情性上的微妙轉變，值得耐心體味。

博爾赫斯

(Jorge Luis Borges，1899－1986)

學識淵博、兼善多種文體的高手

　　阿根廷詩人、小説家、散文家兼翻譯家，生於阿根廷布宜諾
斯艾利斯。作品涵蓋多個文學範疇，包括短文、隨筆小品、詩、傳
記、文學評論、翻譯文學，當中以詩歌、散文和短篇小説的創作成
就最大，使他獲得無數文學獎項。主要作品包括短篇小説《巴別圖
書館》、《環形廢墟》等；小説集《惡棍列傳》、《小徑分岔的花園》、
《虛構集》等。

眾人師傅博爾赫斯

　　被教統局推薦的埃爾南多・德列斯，以及下文選介的加西亞・馬爾克斯都是當代拉丁美洲作家。這兩位作家湊巧同是哥倫比亞人，然而當代出色的拉美作家不限於哥倫比亞；阿根廷的路易斯・博爾赫斯、古巴的阿萊霍・卡彭鐵爾、墨西哥的卡洛斯・富恩特斯、秘魯的巴爾加斯・略薩等等都非常重要。在眾多拉美作家當中，阿根廷的路易斯・博爾赫斯更是本地不少小說寫作人祖師爺級的師傅。

　　博爾赫斯的短篇小說不斷挑戰故事寫作的極限。讀他的小說，你會驚訝於小說竟然可以這樣寫作。此外，也會因他廣博的知識學問大開眼界。

　　博爾赫斯的短篇《博聞強記的富內斯》講一名少年墮馬後記憶力突然轉強，強得猶如一部超級電腦。小說寫少年如何讀萬卷書可以一字不漏，看一隻動物跑過，會記下動物少於秒計的各個動態。博爾赫斯把這個巧思寫得非常生動而且有說服力，因為他有大量知識學問（哪怕是轉化過的）充斥在小說的字裏行間。小說主角「博聞強記」，作者必須有具體內容以展示其聞有多博；博爾赫斯做到了，令人物立體逼真。

　　小說寫作光有簡單概念或感覺是不足夠的（哪怕是當代小

說，以至所謂的「反小說」），它需要有肌理及質感。假如說，埃爾南多．德列斯的《只不過是肥皂泡》以人物複雜的心理變化為小說肌理；加西亞．馬爾克斯的《一個長翅膀的老頭》用魔幻包藏現實，質感仍然來自生活；則博爾赫斯的巧思，靠非常豐富的知識來豐肌潤骨。讀博爾赫斯的小說，其吸引處不只是巧思，是整個巧思的開展有具體過程。阿根廷人博爾赫斯連《莊子》、《老子》也引到小說裏去，他有能力「創作」一個通漢學的人物，因為他本人也接觸漢學。

博爾赫斯是不少小說作者的師傅，熟讀他的短篇小說集《巴比倫彩票》，就如熟讀唐詩而作詩，不會吟時也會「偷」。

此次一提博爾赫斯，不表示也得多選幾篇他的小說予大家一讀，因為他的小說對中學生而言或有點艱澀。博爾赫斯的小說奇而巧，光讀他如何處理小說時空已大開眼界。不幸地，今天不少人把博爾赫斯讀淺了、讀俗了，只「抄襲」他的巧思，並過分強調這一點。殊不知博爾赫斯小說之好讀，不只是構思奇妙或時空處理新銳，還在於他在小說開展過程中飽含知識及充滿智慧。

假如讀者沒有時間跟進當代小說，又想用最短的時間惡補當代小說知識，則博爾赫斯的《巴比倫彩票》頗宜一讀。他的小說的確完全不同於從前。看一看，你會對當代小說有比較具體的概念，不怕被人（如「文藝新人類」）「欺負」── 不少人的小說構思都「抄襲」自這位眾人師傅。

埃爾南多・德列斯

（Hernando Téllez，1908－1966）

故事寫得緊湊的哥倫比亞作家

　　哥倫比亞記者、作家、文學評論家，生於哥倫比亞的波哥大。年輕時便開始了他的記者生涯，在哥倫比亞一些著名的雜誌社和報刊工作，後在法國馬賽擔任哥倫比亞領事。因其對哥倫比亞的社會和政治有敏銳的觀察，故其作品多具有社會意義，顯示出受迫害的人的痛苦與掙扎。

當代拉丁美洲小說

　　埃爾南多・德列斯的《只不過是肥皂泡》，其中一個翻譯版本摘自《拉丁美洲短篇小說選》，陳光孚、劉存沛主編，1996年由雲南人民出版社出版。

　　雲南人民出版社這個地方出版社對熱愛當代文學的讀者來說一點也不陌生。八、九十年代，這家地方出版社在一群精通西班牙語的學者主持下，搞了好幾套具水平的拉丁美洲文學叢書。1982年哥倫比亞作家加西亞・馬爾克斯得諾貝爾文學獎，令拉美文學備受注目，讓人知道除主流英美及歐洲世界之外，西班牙語系統、經濟及社會狀態窮困破落的拉丁美洲（南美洲），同樣存在具世界水平的文學創作。八十年代的大學階段，我便是透過雲南人民出版社的翻譯來認識拉美文學。出版社一有新書，看不了也會先買下來。要知道那些長篇動輒六七百頁一本，算起來足有一吋厚，確實可以三更有夢書當枕。

　　《只不過是肥皂泡》於另兩三個中國大陸出版的《拉丁美洲小說選》選本內也有收錄，可是都沒有註明作者名字的英文字母拼寫，上網找資料時非常不便，因為中文譯名並不統一。作者埃爾南多・德列斯英文字母拼寫是 Hernando Téllez，前一個「e」字上面有一向上的小斜撇。《只不過是肥皂泡》是作者

頗為流行的名篇，網上可找到西班牙文及英文版。《只不過是肥皂泡》是值得一讀的好小說，深恐中學因不認識當代拉美文學概況而不予選讀。我會分兩次談一談《只不過是肥皂泡》，也會淺介拉美小說的總體狀況，並多引一兩篇另一類風格的拉美短篇予讀者參考。

先說幾句拉美小說的狀況。加西亞‧馬爾克斯得諾貝爾文學獎的長篇《百年孤寂》被「譽為」魔幻現實，殊不知「魔幻現實」一詞最初並非完全是褒語。評論者以拉美小說多荒誕場面而名之曰「魔幻」（《百年孤寂》裏有一位喜歡吃泥的女子雷蓓卡），小說家則反駁：那是因為你從未在拉美生活。

總括而言，「寫實」確是拉美小說的精神基礎，只是它們不是十九世紀寫實小說的簡單翻版。當代拉美小說在技巧上推陳出新，並結合南美的民族傳統，創出不同於世界主流的文學風貌。以秘魯的著名作家巴爾加斯‧略薩為例，他在寫實基礎上對故事結構有創新技法，以「結構寫實」見稱；而入選的埃爾南多‧德列斯則以「心理現實」見長；再加上加西亞‧馬爾克斯的「魔幻現實」，可見拉美小說在現實（寫實）主義基調下有豐富變奏，並奏出具世界水平的文學成績。

剃刀與肥皂泡

　　短篇《只不過是肥皂泡》裏有兩位主角，一個是理髮師，一個是殺人手段極度凶殘的軍頭、上尉托雷斯。打從托雷斯步入理髮店要刮鬍子，理髮師的內心便激烈交戰 —— 殺，還是不殺。原來理髮師是反政府黨派的地下黨羽，表面上替人理髮刮鬍子，暗地裏為戰友收集情報，是個探子。

　　小說開首沒有點明理髮師的革命身份，卻磨刀霍霍、刀鋒掩映，帶出一種殺氣。小說的開筆兩句寫得很有吸引力：

　　　　他沒有打招呼就進來了。我正在一塊熟羊皮上磨礪我那把最好的剃刀。

　　之後，作者故意帶出一種與「有客到」、有生意做相反的緊張氣氛，為小說製造懸疑感覺：

　　　　一認出他，我就全身戰慄起來，可他並未察覺。為了掩飾自己，我繼續磨着刀片，隨後又伸出大拇指來，試試它鋒利不鋒利，衝着燈光重新審視一遍。這一瞬間，他已經解下腰帶上那嵌滿子彈的皮帶，帶子上還掛着手槍。……

　　上述兩段引文又是剃刀又是子彈、手槍，殺氣騰騰。也果真如此，往後的整篇小說，就是一個虐殺狂卸甲解械攤在椅上，任由一位表面上與殺戮無關的理髮師處理他最脆弱、最攸

關生死的咽喉位置。而這位拿着剃刀的理髮師原來是革命黨，小說的張力由此而來。小說內充滿引誘理髮師下手殺人的機會，且看作者如何透過以理髮師為敘事觀點的文字描寫，呈現殺或不殺的思想交戰：

「我估摸他有四天沒刮鬍子。」接下去的一句是，「整整四天的行軍，清剿我們的人。臉曬得像燒焦了一般。」一見軍頭可惡可殺。

「他還在那兒說個沒完（按：指捉了、打死多少人）。」接下去的一句是，「在他眼裏我是個循規蹈矩的順民。」軍頭的說話成了對理髮師的挑釁。

「那天在學校院子裏，他指揮着一干民眾列隊觀看四名吊着的起義者，我曾和他打了個照面。那上缺臂斷腿的肢體令人慘不忍睹，我都無心去注意他的面孔。當時他神氣活現，不可一世，」接下去的一句是，「而現在卻落在了我的手裏。」

落到「我」手上之後，剃刀刮過他的下顎、面頰，以至最關鍵的咽喉。剃刀刮鬍子不是直白地刀面相貼，中間隔了一層厚厚的肥皂泡。肥皂泡是剃刀與肉體之間的緩衝區。塗上一層肥皂泡，理髮師的剃刀就在白泡沫中盤算：

> 那刀片發出特有的唰唰聲，所到之處現出一片片潔淨的皮膚，刀片上的肥皂沫愈來愈多還夾雜着鬍子茬。……
>
> 再來點兒肥皂，往這兒，下巴底下，喉頭部位，這兒有個大血管。

泡沫在小說描寫上起相當重要的作用。

 **不想做殺人犯**

　　短篇《只不過是肥皂泡》裏的理髮師連最可以輕取軍頭托雷斯性命的時機也「錯過」之後，他在掙扎中做了如下決定：

　　　……而我呢，手裏拿着剃刀在這塊皮上刮呀刮，又是怕毛孔出血，又是怕碰傷皮膚，沒法兒踏下心來思考問題。該死的時刻，他偏偏這會兒來，我是革命者，我不是殺人犯。而現在要幹掉他可太容易了。而且值得。真值得嗎？不見得，見他的鬼去吧！讓別人為了殺他去當殺人犯，誰也不值得。

　　埃爾南多・德列斯要寫的不是理髮師很個人的內心衝突，他要藉其內心掙扎帶出更深層的問題 —— 即上述引文中「我是革命者，我不是殺人犯」一句。小說對殺戮、報仇還有如下描寫：

　　　這樣做（按：指殺了托雷斯）能得到什麼？一無所獲。只能是接二連三地互相殘殺，一伙人殺另一伙人，再來一伙殺這一伙，直到整個世界變成一片血海。……

　　埃爾南多・德列斯是哥倫比亞作家，他的母國是世界上最動盪不安的國家之一。政客（主張中央集權及行聯邦制的保守及自由兩黨）、毒梟和游擊隊三股勢力長期竄擾民生，血腥不絕。《只不過是肥皂泡》以哥倫比亞始自 1948 年的大暴動為背

景。1948 年 4 月 9 日，一位頗受人民愛戴的自由黨總統候選人蓋坦在波哥大街頭被保守黨人暗殺，群眾隨即湧上街頭洩憤，引發暴動。及後，整個國家進入內戰狀態，十年衝突至少造成二十萬人死亡。這長達十年的大暴亂，史稱「波哥大暴動」。埃爾南多·德列斯要表達的，是殺一兩個軍頭也解決不了問題的深層反思。

小說內理髮師作出了「我是革命者，我不是殺人犯」的抉擇。但他的命運並不操控在他手上。小說收束得甚有張力，軍頭臨離開店舖時對理髮師說：

> 「他們說您會把我殺了嘍。我來就是要看看您到底會不會殺人，殺人可不是件容易的事，您知道我為什麼對您說這個。」說着，就朝街上走去了。

讀完結尾之後再重溫開頭，讀者會赫然發現原來首句「他沒有打招呼就進來了」並非托雷斯偶然的選擇。於是，往後理髮師與軍頭涉及捉了、打死多少人的「閒談」，也非軍頭的無心對答，是對理髮師、一個嫌疑者的挑釁。小說在知道結局後重讀會更覺觸目驚心。

理髮師不但沒有保住他的秘密身份，連命有多長，也在於托雷斯打算何時要把他弄死 ——「您知道我為什麼對您說這個」一句把理髮師的內心掙扎變為白費，原來早已落入被殺抑或殺人自救的惡性循環中。

加西亞・馬爾克斯

（Gabriel García Márquez，1927－2014）
拉丁美洲魔幻現實主義文學代表作家

　　哥倫比亞文學家、記者和社會活動家，生於哥倫比亞阿拉卡
塔卡。早期創作多以揭露拉美獨裁政治、小人物悲慘遭遇為主的故
事。於 1967 年出版的《百年孤寂》是魔幻現實主義 ——「變現實為
幻想又不失真」—— 的代表作之一，亦是他的代表作。馬爾克斯於
1982 年取得諾貝爾文學獎。著作包括《沒有人給他寫信的上校》、
《愛在瘟疫蔓延時》、《迷宮裏的將軍》等。

二 落難天使

除埃爾南多・德列斯的短篇《只不過是肥皂泡》之外，拉美名家的短篇值得一讀的多不勝數。埃爾南多是心理寫實，本文介紹更具拉美風格的魔幻現實。談到魔幻寫實，不得不提諾貝爾文學獎得主加西亞・馬爾克斯，他以長篇《百年孤寂》摘桂冠，其短篇也相當吸引。

莫言及余華於「影響他的十本小說」中都有選加西亞・馬爾克斯的短篇，余華選《禮拜二午睡時刻》，莫言挑《一個長翅膀的老頭》（一般也譯作《巨翅老人》）。說加西亞・馬爾克斯擅長魔幻現實，不表示作家按標籤寫作，每次下筆也凡「實」必「幻」，《禮拜二午睡時刻》的筆調便十分沉穩，有「實」無「幻」。以下選談加西亞・馬爾克斯寫得比較符合招牌（魔幻現實）的《一個長翅膀的老頭》。

《一個長翅膀的老頭》的小說世界光怪陸離，故事內有天使 —— 是個老天使 —— 似寓言又不是寓言，有《聖經》元素（天使、神父）卻又不是《聖經》故事。小說雖然有天使一角，寫的卻盡是日常生活。故事說一個有翅膀的落難老頭不知何時何故掉進泥水裏去，被一對夫婦發現並「收留」—— 在雞籠裏，大概因為他有翅膀。問題來了，這老頭究竟是何物？「有翅膀就是

天使了嗎？」神父第一個起疑，他決定寫信給主教，又由主教寫信給大主教，好讓教廷仲裁。談到這裏，大概你已讀到加西亞‧馬爾克斯顛覆了傳統天使的形象及地位。且讀幾段對落難天使的有趣描寫。先讀天使在作者筆下的「有趣」造型：

> （按：指小說中的一對夫婦）兩個人驚愕地望着倒在地上的人。那人衣衫襤褸，謝了頂的後腦勺上掛着幾縷顏色模糊的布絲兒，口中的牙齒稀稀落落，他那像落湯雞似的老態龍鍾的樣子顯得格外可憐。身上那對大兀鷲翅膀又髒羽毛又稀疏，一動不動地攤在泥水裏。

這個天使形象夠「新穎」吧，這就是加西亞‧馬爾克斯的想像力。還不夠，且讀夫婦二人如何安置老天使：

> 佩拉約（按：指男主角）……臨睡前把他從泥水裏拽出來，同母雞一起關進鐵絲編的雞籠裏。……在一群驚恐的母雞中間，那東西活像一隻巨大的老母雞。……特別是在最初的一段時間，母雞紛紛啄他，尋找他翅膀底下滋生的從天國帶來的寄生蟲，……

加西亞‧馬爾克斯擅長以寫實筆調建構魔幻荒誕，小說內對天使的雞籠生活有「不可能真實」卻「非常真實」、具質感的生動描寫，小說的吸引力在此。他的魔與幻，藏在最日常、最扎實的生活觀察及描寫裏。

天使的圍觀者

　　加西亞‧馬爾克斯《一個長翅膀的老頭》裏老皮老骨的可憐天使被關在雞籠內引來村民圍觀，由於來訪者眾，夫婦靈機一觸，實行憑門票入內，不到一星期就堆得滿屋是錢。

　　小說時間在下半部作飛躍式推進。假如只專心閱讀老天使在雞籠內的苦況，讀者不察小說時間已快速流逝；直至筆觸涉及夫婦生活的轉變，才知老天使在人間一待數年。小說中的夫婦用天使賺錢，不但從此不用上班，更蓋建有陽台的新屋為宅。夫婦二人的小孩在小說開始時才剛出世，中段後嬰孩已學步並開始上學。其間，老天使曾重病垂危，以為熬不過嚴酷的冬天了，卻轉危為安，還在某個春天的早上振翅遠飛。

　　《一個長翅膀的老頭》的小說世界光怪陸離。粗心大意的讀者會以為不過是讀了個魔幻故事。大框架表面確乎如此。那小說說了些什麼呢？且讀小說在魔幻、童話、《聖經》故事顛覆版框架下的細節。

　　圍觀天使的人有同情心嗎？有，他們都曾經「餵食」：

　　　　只見他（天使）趴在一個（雞籠內）角落裏，在早上那幫人扔給他的果皮和剩飯中間攤曬翅膀。……

老天使不去搭理參觀者的騷擾，只有一次：

> 只有一次，當人們用一塊給小牛打印記的烙鐵燙他的肋骨時才使他挪動了一下，因為他有半晌動都不動，以至人們還以為他死了。他驚醒了，用深奧的語言咒罵着，眼睛裏充滿了淚水，扇動了兩下翅膀，揚起好一片雞糞，一股似乎是月球上的灰塵和一陣可怕的不像是這個世界的狂風。……從此以後大家都留心不去招惹他，……

結果，人們對天使漸失興趣，他們轉而湧去觀看因違背父母之命而變成蜘蛛的少女。人們看得非常投入，故事愈慘愈好：

> 最叫人揪心的還不是她那離奇的外表，而是她原原本本地講述她不幸的經歷時的那種痛心疾首的表情。

老天使的出現令夫婦有新房子新生活，可是他們從未善待天使。老天使在病危中捱過嚴冬，並在春日裏展翅高飛，功勞不在靠他賺錢的那對夫婦身上，天使是在自生自滅下自我修復。加西亞・馬爾克斯把讀者誘進魔幻世界，細察的卻是非常真實的現實人性、社會人生：那些圍觀者好奇之外沒有憐憫同情；蜘蛛女的悲慘故事不過是更值回票價的情感消費；神父則官僚迂腐……。

揭示人性的無情愚昧是老調，加西亞・馬爾克斯用新寫法為老調奏出新律。

約翰・斯坦貝克

（John Steinbeck，1902－1968）

美國得諾爾文學獎的寫實大師

　　美國作家，生於美國加利福尼亞。曾任《紐約時報》記者，後來返回加州，投身創作。他的許多作品都以美國人民為題材，並對貧苦的人的各種生存狀態加以描繪。1962 年獲得諾貝爾文學獎。代表作品有《人鼠之間》、《憤怒的葡萄》、《月亮下去了》、《伊甸園東》、《煩惱的冬天》等。

二 小王子與小紅馬

　　給中學的推薦讀物書目中，大多不缺法國作家聖·修伯里的《小王子》。同意此書是經典，值得推介，也符合我提倡多讀經典的小小心願。然而，我一直懷疑這部富詩意，瀰漫淡淡的哀愁，並充滿哲理的寓言，本地一般中學生究竟是否真正明白？——不是叫大家就此不看！只希望讀者有心理準備，這本薄薄的小書有童話的格式，卻不是民間童話的路數，作者跟你思考愛與責任等問題。

　　倒想推介一本與青少年關係更直接的成長小說：約翰·斯坦貝克的《小紅馬》。此書在中國大陸是初中生的熱門課外讀物，在香港卻似乎從未聽聞有人向中學推介，更不用說約翰·斯坦貝克這個名字了。

　　事實上美國作家約翰·斯坦貝克在國際文壇夙負盛名，是1962年諾貝爾文學獎得主。為人熟悉的作品有《憤怒的葡萄》（1939年）、《珍珠》（1947年）、《伊甸園東》（1952年）等。

　　《小紅馬》出版於1949年，他曾說：「我要創造一個兒童的世界，在這個世界裏，沒有仙子，沒有巨人，它的色彩在孩子眼裏看得比成人清楚，體會比成人強烈。」「體會比成人強烈」這效果，令我即使已知情節，重讀《小紅馬》時仍被深深打動。

人會為故事的主角喬迪與幾隻良駒之間的深厚感情動容。除了喬迪、死去的小馬與母馬，小說還有眾多叫人留下深刻印象的人物：沒有把小紅馬的病治癒而耿耿於懷的幫工貝利‧勃克，老得沒有安頓處的老人吉達諾，還有活在昔日光輝中的喬迪的外祖父。一個個人物都鮮明、立體，該是作者對人、對動物及大自然有敏銳細緻的觀察所致。假如李安的《斷背山》讓大家對美國西部、牛仔等產生興趣，《小紅馬》於環境背景與《斷背山》近似。此書特別適合本地中學生閱讀，單是感受斯坦貝克敏銳的觀察力，如何三兩筆便把人、動物傳神勾勒，已值回票價。

不時嘮叨大家要多讀經典；從閱讀斯坦貝克的作品中便獲益匪淺。斯坦貝克生於加利福尼亞州一個中產家庭，成長於加州的小鎮、鄉郊和牧場之間。斯坦貝克受母親熏陶，年幼時已多讀歐洲古典文學作品。至 1919 年考入史丹福大學，又選修英國文學和海洋生物學。因而他雖然是美國作家，看來歐洲古典文學是他加州之外的第二故鄉。

除《小王子》之外，《小紅馬》也許是中學課外讀物需補上的另一個書名。

禿鷲與死馬

向中學生傳授「深度閱讀」，難在選材。

千挑萬選的過程中，約翰・斯坦貝克的《小紅馬》曾是我放棄選用的一部小書。我喜歡此書，卻「不敢」請同學精讀。當中有兩個片段令我心生顧慮。

《小紅馬》共四章，一章一個故事，第一章叫〈禮物〉。此章講述草原上長大的男孩喬迪得到一匹漂亮的小紅馬，是父親給他的禮物。這個奢侈品使他一躍成為男孩們仰視的騎士。喬迪精心馴養小紅馬，餵牠吃胡蘿蔔，幫牠梳理鬃毛，帶牠散步。不幸，某天小紅馬被雨淋病了，他和父親的幫工貝利・勃克為此忙得團團轉。他們用酒精為發燒的小紅馬擦身降溫，又用蒸氣給牠藥療通鼻塞；通鼻無效之後，又幫小馬開刀清膿。喬迪整夜守護小紅馬，看着小紅馬痛苦掙扎卻束手無策；他們愈努力施救，小紅馬的病情愈加惡化。當男孩早晨醒來，發現小紅馬已撞開圍欄，奔赴山上迎接死亡。讓我顧慮的一個片段出現在這裏……男孩跑上山坡後發現，小紅馬身上圍着黑壓壓的禿鷲。一隻禿鷲站在馬頭上，嘴裏滴下馬眼珠的腐水。男孩發瘋一樣衝上去和禿鷲搏鬥，人與鳥四目對峙 —— 這一筆寫得極儡人 —— 最後男孩抓住禿鷲用石頭砸了又砸，……

斯坦貝克的描寫太出色了，兩百字左右的殺鳥記教我心神震撼。殺鳥一幕意涵極豐富，不能視為一般膚淺的賣弄暴力。且看砸鳥前後的片段：

　　　　他（按：喬迪）的手指抓到了正在掙扎的鳥的脖子。鳥紅色的眼睛盯着喬迪的臉，眼神沉着而凶狠，毫無畏懼；光禿禿的腦袋左右搖晃。這時鳥嘴張開，吐出一口腐水。……

　　殺鳥一幕糾纏着幾層人性處境：小紅馬雖死仍體有餘溫，喬迪心理上視之為「仍然生存」；禿鷲吃「屍」是物種天性，被抓被打時紅眼逼視喬迪，「我本無罪」；喬迪把鳥視為殺馬兇手，不懼鳥眼逼視還以顏色，當中是生命之間的利害交鋒。斯坦貝克末尾這一設計，藏了錯綜複雜、愛恨交纏的現實人生。

　　　　……他一隻手把鳥脖子按在地上，……他再砸一下，沒有砸着。無所畏懼的紅眼睛還是盯着喬迪，鳥一點也不怕，無動於衷，……（按：鳥終於被砸死了）他還砸着死鳥的時候，貝利·勃克把他拉開，緊緊地摟着他，讓他平靜下來。
　　　　……他父親用腳尖踢開禿鷲。「喬迪，」他解釋說，「小馬不是禿鷲殺死的。這你不明白嗎？」
　　　　「我明白，」喬迪疲倦地說。……

二 為電子時代補充悲憫心

小說內的喬迪與父親缺乏溝通，反而與幫工貝利·勃克感情不錯。父親輕責兒子殺死禿鷲後，有如下片段：

> 「我明白，」喬迪疲倦地說。
>
> 倒是貝利·勃克生了氣。他已經抱起喬迪，轉身回家，但又轉過身來衝着卡爾·蒂弗林（按：即喬迪父親）。「他當然明白，」貝利怒沖沖地說道，「上帝！老兄，你不知道他心裏多難過？」

貝利·勃克與喬迪熬了幾個晚上救護小紅馬，其間要為小紅馬開刀放膿，人（動刀者）馬（受刀創者）都相當淒涼。《小紅馬》的〈禮物〉一章內有腥風血雨，卻讓人讀出悲憫惻隱。

此章如以馬死人哀收結，已足以感人肺腑，賺人熱淚。可是，斯坦貝克始終是高手，他加了喬迪殺鳥，而鳥兒又毫不屈服這一筆，令整個短篇深度驟增，大異於一般的悲情故事。小紅馬與禿鷲是兩種死法，你認為兩者誰更可憐？──不必勉強二擇其一，真實人生的愛恨有理說不清啊。作者要寫的，正是愛恨生死的複雜糾纏。人生的悲喜哀樂，是混合色，不是各自獨存的單色。小紅馬淋雨枉死，禿鷲也弔詭地枉死在「愛動物（小馬）」、「善良」的喬迪手上。

這樣的一個故事，有血，卻不嗜血；殺生，卻讓人畏殺生、同情被殺；小紅馬可悲可憐，外表及行為「醜陋」的禿鷲何嘗不也可哀可憐；讀之，同情悲憫之心不會只及於小紅馬，會廣披眾生，甚至及於禿鷲。故事至此由傷痛，提升為悲憫。就是因為這樣的一種讀後感，讓我認為《小紅馬》即使有血腥場面，仍然值得推介，而且意義正正在此。

今天的年輕人多玩暴力、殺人的電子遊戲，輕易便「打爆」一個人。在遊戲內「殺人」，被殺者無痛無癢（他不會如《小紅馬》裏的禿鷲給你一個不服輸、也執着自己的生命、倔強凌厲的眼神），「殺人」者因而毫無罪疚感。遊戲多玩，以假亂真，青少年暴力殺人事件遂從未停息。我終於想通了一個道理：讀《小紅馬》的〈禮物〉，乃至蕭紅《生死場》的〈老馬走進屠場〉，或可讓青少年透過嚴肅經典文學內的「打打殺殺」重尋生命中的「痛感」。老病生死都莊嚴莊重，生命、生死有情感重負，一點也不宜輕忽。

《小紅馬》另一曾叫我顧慮的片段出現在第三章〈許諾〉。喬迪失去小紅馬後寄希望在一匹性格溫馴、舉止高雅的母馬身上。誰料健康的母馬難產，母子只能存其一。貝利·勃克為了實踐「諾言」，留小馬，含淚殺死與他感情深厚的母馬。殺母馬一幕，仍然是生死愛恨糾纏下的艱難抉擇。殺生，一點也不輕鬆！

除非故意立壞心腸，否則讀《小紅馬》或可為部分青少年補充給電子遊戲消滅淨盡的悲憫心。

責任編輯	陳家玲　張艷玲
書籍設計	任媛媛
插畫設計 （作家肖像）	Monkey Sit（薛德勇）

書　　名	文學細心讀
著　　者	余非
出　　版	三聯書店（香港）有限公司 香港北角英皇道 499 號北角工業大廈 20 樓 Joint Publishing (H.K.) Co. Ltd. 20/F., North Point Industrial Building, 499 King's Road, North Point, Hong Kong
香港發行	香港聯合書刊物流有限公司 香港新界荃灣德士古道 220-248 號 16 樓
印　　刷	美雅印刷製本有限公司 香港九龍觀塘榮業街 6 號 4 樓 A 室
版　　次	2018 年 7 月香港第一版第一次印刷 2022 年 6 月香港第一版第五次印刷
規　　格	特 16 開（150 × 210mm）272 面
國際書號	ISBN 978-962-04-4339-8

© 2018 Joint Publishing (H.K.) Co. Ltd.

Published & Printed in Hong Kong